愛坂タカト
illust
氷結令嬢さまをフォローしたら、
メチャメチャ溺愛
The case where I helped the Freezing Lady and she doted on me like crazy.
されてしまった件

contents

侯爵邸の舞踏会場から、ほんの微かにだけ漏れてくる音楽。

雲の切れ間から差し込む、月明かりのスポットライト。

観客なんて誰もいない……ただ二人きりのダンス。

「う、ううっ……？　よっ、ほっ……はっ！」

そのあまりにも不格好で、情けないへっぴり腰の
ダンスを見れば……きっと多くの人が大笑いしてしまうだろう。

だけど、今夜の俺は世界中の誰よりも幸せだったに違いない。

なぜなら――

「ふふっ……なぁに、それ？　もうちょっと頑張りなさいよ」

この美しすぎる笑顔を、独り占めすることができたのだから。

Characters

アリシア・オズリンド

公爵家の令嬢。
貴族界では【氷結令嬢】と呼ばれている。

グレイ・レッカー

貧民街出身の少年。
現在はオズリンド家の使用人として働いている。

マヤ・ロリックス

アリシアの住むオズリンド家別邸の執事長。

ファラ・アストワール

侯爵令嬢。アリシアとは学院の同級生。

リムリス・カルネラ

子爵令嬢。アリシアとは学院の同級生。

モリー

オズリンド家の使用人。グレイの同僚。

メイ

オズリンド家のメイド。グレイの同僚。

プロローグ

「シェフを呼びなさいっ！」

きらびやかで絢爛《けんらん》な装飾や、心地良いクラシック音楽に包まれたパーティー会場。

楽しげに談笑する貴族たちの会話を切り裂くように、一人の女性の怒声が響き渡る。

「この料理を作ったシェフよ！」

一枚の皿を右手に持ちながら、声を荒らげている女性。

彼女の名前はアリシア・オズリンド。

会場に集まった全ての貴族たちの中でも、特に高い地位を持つ公爵令嬢である。

ちなみに俺はというと、アリシア様の専属使用人を務めている……ただの平民だ。

「このワタクシが呼んでいるのだから、早く姿を見せなさい！」

きめ細やかな金髪のロングヘアに真紅のバラの髪飾りを着けている彼女の容姿は、美男美女が集まる貴族たちの社交場においても一際目を引く。

「うわっ……」

「またオズリンドのご令嬢か……」

しかしそんな彼女の周囲には誰も近付こうとしない。

それどころか、まるで腫《は》れ物を見るかのような視線を送るばかり。

「怖いわ。またいつものアレでしょ？」

「ああやって呼び出した使用人を、これまでに何人も解職に追いやっているらしいな」

「流石《さすが》は魔王のように冷たい心を持つという【氷結令嬢】だわ」

ざわざわと、アリシアお嬢様の悪評を小声で口にする貴族の方々。

そう。彼女はそのあまりに高圧的な言動から【氷結令嬢】の異名で呼ばれている……まさしく、社交界における悪役なのであった。

「ア、アリシア様！　私が、本日の料理を担当させて頂きました……」

そして、そんな悪役に呼び付けられた中年の男性シェフが顔面蒼白で駆け込んでくる。

これからどんな文句を言われるのか。自分がどれだけ酷《ひど》い目に遭わされるのか。

怖くて堪《たま》らないといった様子だ。

「そう……貴方《あなた》なのね。全く、こんなものをワタクシに食べさせるなんて……一体どういうつもりなのかしら？」

「あっ、えっ……」

「信じられないわ。貴方、覚悟はできているんでしょうね？」

キッと、アリシア様の眼光が鋭くなる。

それを受けたシェフは、涙を流しながらその場で両手両膝をついた。

「ひぃっ！　申し訳ございません！　何卒《なにとぞ》、お許しくださいっ！」

若き令嬢の足元で、大の大人が頭を床に擦り付けながら謝罪する。

その光景を見て、周りのヒソヒソ声はさらに激しさを増していく。

「まぁ……酷《ひど》い。あの料理、とても美味《おい》しかったのに」

「ちっともケチを付ける部分なんて無かったわよね？」

「どうせ誰かを虐《いじ》めたいだけなのよ。あの方は悪魔の生まれ変わりに違いないわ」

そんな声は、もちろんアリシア様の耳まで届く。

しかし彼女は何も言い返さず、土下座するシェフを見下ろしている。

このままではいけない。そう思った俺の体は自然と動き出していた。

「皆様！　少々、よろしいでしょうか！」

一連の騒動を会場の隅で眺めていた俺は、アリシア様の傍《そば》へと駆け寄りながら大声で叫ぶ。

「私はアリシア様の使用人、グレイと申します。僭越《せんえつ》ながら、不器用で言葉足らずなお嬢様に代わり……そのお言葉を通訳させて頂きます」

「なっ⁉　だ、誰が不器用で言葉足らずよ！」

途端にざわつき始めるパーティー会場。

加えて、不満げなアリシア様が俺の肩を摑《つか》もうとしてくるが。

「アリシア様は黙っていてください」

「ふぎゅっ!?」

肘《ひじ》でお腹《なか》を優しく小突くと、途端におとなしくなった。

「お嬢様は料理を責めるつもりでシェフを呼び出したわけではございません」

「おい、使用人。貴様は何を言っている？」

「そうだ！　彼女は明らかに、そこの料理人を責めていたではないか！」

俺の言葉に真っ向から反論してくる男性貴族たち。

まぁ、そう思われるのも無理はない。

「違います。『こんなものをワタクシに食べさせるなんて……どういうつもりなのかしら？』という言葉の本当の意味は……」

周囲の注目を一身に集めながら、俺は息を深く吸い込む。

そして、喧騒《けんそう》に包まれた会場中に響き渡るように……真実を告げた。

「『こんなにも美味しい料理を食べさせてくれて、ありがとう』です！」

「「「「……はぁ？」」」」

会場内の貴族たち、その全員が目を丸くして声を揃《そろ》える。

「っ……！」

当のアリシア様はというと、顔を真っ赤にしながらプルプルと震え……俺の顔を恨めしそうに睨《にら》んでいた。ああ、これは後で大変な目に遭いそうだ。

後が怖いと内心では怯《おび》えつつも、俺はさらに解説を続けていく。

「その後の『貴方《あなた》、覚悟はできているんでしょうね？』という言葉は『貴方をワタクシの屋敷に引き抜きたいのだけど、構わないわよね？』と言いたかったんです」

「「「「はぁぁぁぁぁぁっ!?」」」」

貴族たちは示し合わせたかのように、一斉に声を揃《そろ》えて驚愕《きようがく》の叫びを上げる。

誰一人として、俺の言葉を信じていない様子だ。

「ふざけるな！　そんな言い訳が通用するとでも？」

「どう考えても、そうはならないだろう！」

「証拠ならございます。こちらを御覧ください」

俺はそう言って、先程までアリシア様が食事をしていたテーブルに視線を誘導する。

「今回のパーティー。一つのテーブルにつき、五人分の料理が用意されていました」

「ああ、そうだな。だが、それがどうした？」

「ですが、ご友人のいないアリシア様はずっと一人でこのテーブルを使用されていました。だというのに、テーブルの上には空の皿しかございません」

これが何を意味しているのか。答えは明白だ。

「お嬢様はこの料理を一人で、五皿も平らげてしまわれたのです。これこそまさしく、アリシア様が料理をお気に召していた何よりの証拠でしょう！」

「「「「た、確かに！」」」」

「むぅっ……！」

俺が言い切ると、背後に回り込んでいたアリシア様がポカポカと背中を叩いてくる。

ご令嬢の食事量に言及するなんてマナー違反だが、これも彼女の悪名を晴らすためだ。

多少の羞恥心《しゅうち》は辛抱してもらおう。

「とにかく。アリシア様は料理に対して、不平や不満は一切抱いていないのです」

「そ、それじゃあ……私は？」

ここでようやく、シェフも俺の言葉を信じる気持ちになったのだろう。

土下座をやめて、立ち上がった彼の顔からは恐怖の色が消えていた。

「はい。もしよろしければ、オズリンド家で働くことをご検討頂けないでしょうか？　勤務条件や給与面に関しましては、また後日」

俺がそう答えると、シェフは目尻に涙を浮かべ……アリシア様の方へ向き直る。

俺の背中をふくれっ面で叩いていたアリシア様はその視線に気付くと、すぐにその表情を【氷結令嬢】へと戻した。

「何？　このワタクシに言いたいことでもあるのかしら？」

「わ、私如《ごと》きの料理を、そこまでお気に召して頂けるとは光栄でございます」

「……ふんっ。別に、わざわざ感謝されるようなことでもないわ」

両腕を組んだまま、ぷいっとそっぽを向くアリシア様。

「『貴方《あなた》は素晴らしい料理を作ったのだから、称賛されて当然よ』と言いたいようです」

「グレイっ！」

「は、はははっ……まさか、そこまで評価して頂けるとは。正直に申し上げますと、まだ少し混乱しておりまして……」

「今すぐ答える必要なんてないわ。ただ、ワタクシの気が変わらない内に返事をすることね」

アリシア様はそう答えると、派手な扇子を取り出して口元を覆う。

それから踵《きびす》を返し、ツカツカと会場の出口へ向かって歩き出した。

「帰るわよ、グレイ。今夜のパーティーはそれなりに満足したわ」

「はい、かしこまりました」

俺たちを囲んでいた貴族たちは、アリシア様に道を譲るようにして左右に分かれていく。

そんな道を進みながらアリシア様は、ボソボソと小さな声で呟《つぶや》いた。

「そういえば、さっきはよくも私に恥をかかせてくれたわね」

「え？　な、何の話でしょうか？」

「しらばっくれないで。全く、そんな貴方に……言っておくわ」

炎のように情熱的な紅い瞳が、鋭い眼光で俺を射抜く。

しかし、そんな怖い表情はほんの一瞬だけ。

「……ありがとう。貴方がいてくれて、ワタクシは本当に幸せ」

それから彼女は口元の扇子をわずかにズラして、可憐な微笑《ほほえ》みを俺だけに見せてくれる。

「これからもずっとずっと、ワタクシの傍《そば》にいてくれないと許さないわよ?」

凍《い》てつく氷の令嬢が発したとは到底思えない、甘えるような声。

俺の心を鷲摑《わしづか》みにし、決して放さない……反則的な可愛さ。

ああ。これだから、俺はこの人の使用人をやめられないんだ。

そう……全てはあの日。

初めてアリシア様の素顔を知った時から、俺は——

第一章　氷結令嬢アリシア・オズリンド

これは俺がまだ、オズリンド家で働くことになる……ずっと前の話。

当時六歳の俺は四つ上の姉さんと共に、父に男手一つで育てられていた。

しかしこの父というのが本当にろくでなしで、俺たちは苦労して育ってきた。

飲んだくれでギャンブル好きの父による、連日の虐待。

そんな生活に耐えきれなかった姉さんは、やがて家を飛び出し……行方《ゆくえ》知れずとなった。

一人残された幼い俺は父の命令によって、酒代を稼ぐための働きに出されることとなる。

そうした日々が何年も続き、俺が十六歳になったばかりのある日。

いつものように日雇いの仕事を終えた俺が、王都から離れたスラム街に建てられたボロ家へ帰宅すると……片手に酒瓶《さかびん》を握った父がニヤニヤと笑っていた。

「おいおい、グレイよ。お前も人が悪いな」

「は？」

「床下にコソコソと、あんな大金を貯《た》めているなら、さっさと教えろよ」

その言葉を聞いた瞬間。俺は全身の血の気が引くのを感じた。

そしてテーブルの上に、空っぽになった革袋が置かれているのを見て……すでにその中身が使われてしまったのだと理解した。

「借金を返すのに全部使っちまったぜ。これも親孝行だと思って、また一から貯め直しな」

「なっ⁉　あの金は騎士学校に払うための入学金で……！」

平民でありながらも、騎士になる夢を叶えるために……俺は努力を続けてきた。

血反吐《ちへど》を吐きながら働き、父に隠れてコツコツと貯め続けた入学金。

それら全てが一瞬にして、水の泡となったのだ。

「俺の息子のくせに、分不相応な夢を見てるんじゃねぇよ。ま、これが教育ってやつだ」

酒をあおりながら、下卑た笑みでニヤニヤと笑うクズ。

その顔を見た瞬間、俺の理性はブチ切れた。

「ああああああああああああああああっ！」

胸倉を摑《つか》み、殴る。殴る殴る殴る殴る。

もう二度と、この男を父親だとは思わない。

その決意を嚙《か》みしめるように、俺は父親だった男を殴り続けた。

「はぁっ……！　はぁっ、はぁっ、はぁっ……！」

しばらくして、俺がようやく我に返った時には……クズは顔面をパンパンに腫《は》らして気を失っていた。かろうじて呼吸はしているので、死んではいないらしい。

「っ！」

俺は摑《つか》んでいた手を離してクズを解放すると、そのまま家を飛び出していく。

どこにも行く当てなどありはしない。金も無く、頼れる人すらいない。

ただそれでも、あの家にだけはいたくなかった。あそこから逃げたかったんだ。

「……あー、くそ。どうしたもんかな」

スラム街から王都の近くまで駆けてきたところで、俺は少しずつ冷静さを取り戻す。

家を出たのはいいが、流石《さすが》に着替えの一つも持たないで来たのはまずかったか。

でも、今更あの家に戻るのも気が引けてしまう。

「住み込みの仕事とか見つかればいいんだけど……」

もうあの家に帰らない。そう決意した俺は仕事を求めて街の掲示板へと向かう。

「これは……?」

そして俺はそこで、一枚の求人張り紙を見つける。

『公爵家・別邸での掃除係（高給保証&住み込み食事付き）』

それはまさしく、今の俺にとっては天からの救いとも言うべき求人内容であった。

◇

「……というわけで、今は住む場所も無い有様でして」

「なるほど。そのような事情があったとは」

あれから俺は急いで、掃除係の求人を出していたオズリンド家の屋敷へと向かった。

俺のような貧しい平民は門前払いされるかもしれないという不安もあったが、正門の守衛に面接希望だと話すと……意外にあっさりと屋敷の中へ案内してもらえた。

そしてすぐに行われた採用面接の中で、俺は自らの事情を丁寧に説明していた。

「しかし、貴方《あなた》も変わった人ですね。そのような境遇をわざわざ面接で話すなんて」

少し呆《あき》れたような表情で、面接担当の女性――マヤ・ロリックスさんが呟《つぶや》く。

年齢は二十代前半くらいだろうか。

銀色の長髪を肩に流すようにして結び、漆黒の執事服に袖を通している彼女は、その中性的で耽美《たんび》な顔立ちも手伝って……まさしく男装の麗人といった風貌である。

「貧しい出身であることが、合否に影響するとは思いませんでしたか？　それとも、私の同情を引こうとしたのですか？」

「いえ、そういうつもりはありません。ただ、嘘《うそ》や隠し事は嫌いなので」

俺がそう答えると、マヤさんはじぃっと俺の瞳を見つめてくる。

面接開始時、彼女は自分を屋敷の執事長だと（そもそもお屋敷に執事が自分の他にいないとも）教えてくれたが……納得の迫力だ。

「最後にもう一つ質問します。仮に採用となった場合、貴方は私の部下となります。それについて何か思うところはありますか？」

「えっと……？」

質問の意図が分からず、俺は思わず首を傾《かし》げてしまう。

そんな俺を見て、マヤさんは眉間《みけん》に皺《しわ》を寄せながら言葉を続ける。

「私は女です。女執事の下で働くことに抵抗が無いかと聞いているのですよ」

「……えっ？　執事の仕事って、性別が何か関係するんでしょうか？　本人の性格や能力の方が大切なのでは……？」

少し怖い表情になったマヤさんに気後れしつつも、俺は本心からの言葉を告げる。

するとマヤさんは急に自分の口元を右手で覆うと……コクリと小さく頷《うなず》いた。

「……いいでしょう。貴方《あなた》は誠実そうですし、真面目《まじめ》に働いて頂けるのなら、生まれや境遇については目を瞑《つぶ》ります」

「あ、ありがとうございます！」

無事に採用された喜びから、俺は思わず立ち上がってしまう。

「近頃は使用人の入れ代わりが激しくて、猫の手も借りたいところでしたからね」

そう呟《つぶや》いたマヤさんは、歓喜に震える俺を一瞥《いちべつ》してから言葉を続ける。

「……しかし、貴方を採用する前に一つだけ忠告しておくことがあります」

「は、はい。なんでしょうか？」

「このお屋敷は……オズリンド公爵家の当主ディラン様が、唯一のご息女であらせられるアリシアお嬢様のために用意された別邸となります」

「別邸……？」

ということは、当主とご令嬢が別々の屋敷で暮らしているのだろうか？

貴族も案外色々と、複雑な事情を持っているのかもしれない。

「アリシア様はとても気難しいお方ですので、くれぐれもご機嫌を損ねないように」

「かしこまりました」

俺が深く頷くと、マヤさんは無表情のまま立ち上がる。

そしてそのまま部屋を出ていく際に、ボソリと一言。

「……せめて一か月は、クビにならずに耐えて欲しいものですね」

とんでもなく不穏な言葉を呟くのだった。

◇

マヤさんとの面接を終えた直後。俺は早速、掃除係の研修を受けることとなった。

薄汚れていた体を浴場で綺麗《きれい》に洗った後、支給されたシワ一つ無い使用人服に袖を通した時には……なんとも言えない感動で体が震えたものだ。

「新人君、これから一緒に頑張ろうぜ」

「よろしくお願いします！」

そんな俺の指導を担当するのは、モリーさんという先輩男性。クセっ毛が特徴的で、年は二十過ぎくらい。気さくな雰囲気なので、俺もすぐに打ち解けることができた。

「窓の拭き方は……そうそう、良い感じだ。上手《うま》いじゃないか！」

「以前、清掃の仕事をやっていたんですよ」

「へぇ？　それなら逆に、俺が君に教わる機会もあるかもな」

夢を叶えるためにずっと努力してきた成果が、こんな場所で役立つとは。

人生とは案外分からないものだ……と思っていると。

「でさぁ、思わず笑っちゃったのよー」

「えー？　何それ？　その男、最悪じゃーん」

俺たちが窓を拭いている廊下の突き当たり。

そこには二人のメイドが向かい合うように立っており、よく通る声でお喋《しゃべ》りをしている。

なんの道具も持っていないところを見るに、どうやら仕事をサボっているようだ。

「……いいんですか？」

「いいもんか。でも仕方無いんだよ。この屋敷の使用人の大半はあんな感じで、まともなのは執事長……マヤさんくらいだからさ」

モリーさんはうんざりとした様子で、メイドたちへの不満を漏らす。

その態度や表情からして、嘘《うそ》を言っているようには思えない。

「軽いお喋りくらいなら、まだ可愛げがあるけど。せめて手は動かして欲しいよなぁ」

「これほど立派なお屋敷なのに、どうしてあんな人たちが……」

「ん？　ああ、それはアリシアお嬢様のせいさ」

サラリと答えるモリーさんだが、その額には大粒の脂汗が浮かんでいる。

「ちょっとでも気に入らないことがあると、使用人をすぐにクビにするんだ。それで屋敷の使用人は慢性的な人手不足。俺だって、まだほんの三週間だしな」

なるほど、そういう事情だったのか。それで今の屋敷にはベテランはほとんどおらず、いるのは俺のような高給に釣られてきた新人ばかり。

使用人のレベルは落ち続ける一方で、怠け癖のある連中も出てきたというわけか。

「うぅっ、クビにならないように頑張ります……」

「ハハハッ！　そんなに気負わなくても、真面目《まじめ》に働いていれば大丈夫さ」

気を引き締めるように呟《つぶや》いた俺の肩を叩き、豪快に笑うモリーさん。

この人は信用しても大丈夫そうだ。

そう思って表情を緩めた——その時。

「貴方《あなた》たち！　何をやっているの！」

「「ひっ!?」」

突然、誰かが大きな声で怒鳴る。

サボっていたメイドたちは、その声によほど驚いたのだろう。

驚いた拍子に、壁際の台座に置かれていた壺《つぼ》に腕をぶつけてしまう。

「あっ……」

不安定な形状の壺はグラグラと揺れた後、そのまま台座から落ちて……ガシャーン。

「きゃっ！　あああああっ！」

「いたっ！」

高価な壺を割ってしまって、酷《ひど》く慌てふためく二人。

「なんてことを……」

そんな彼女たちの元へ、ヒールの音を鳴らしながら近寄ってきたのは……俺が今までに見たことが無いほどに美しい女性だった。

「うわっ……」

俺は思わず、息を飲んで見惚《みほ》れてしまう。

キレイな金髪。整った美しい顔立ち。豊かに実った大きな胸。細くくびれた腰。

彼女がこのお屋敷のご令嬢――アリシア様なのか。

「も、申し訳ございません！　アリシアお嬢様っ！」

「……申し訳ございません、ですって？」

「お許しください！　すぐに片付けますので！」

クビにならないようにと必死なのだろう。メイドたちは揃《そろ》って頭を下げる。

しかしアリシア様の剣幕は少しも収まりそうにない。

「必要無いわ」

恐ろしく冷たい声色で答えるお嬢様の瞳は、とある一点に注がれていた。

それは、メイドの一人が壺《つぼ》の破片で切ったと思われる右足首の傷。

あれ、もしかして……？

「片付けなんてしなくていいから、今すぐこの場を立ち去りなさい」

「酷《ひど》いっ……！」

「何かしら？　このワタクシに文句でもあるの？」

炎のように紅い瞳が、メイドたちを見据える。

「ひぃ……っ」

そのあまりの威圧感に、メイドたちは小さく悲鳴を上げるしかない。

「この破片は……そうね。そこの窓拭きをしている貴方《あなた》が片付けなさい」

涙目で震えるメイドたちを横目に、アリシア様は俺に片付けを指示してきた。

「はい。承知致しました」

俺はそれを受けて、ペコリと頭を下げる。

「……ふんっ」

そしてアリシア様は不機嫌そうに鼻を鳴らし、そのまま廊下の奥へと歩き去っていった。

それと同時に、張り詰めていた緊張が一気に霧散していく。

「うぅっ……！」

「酷い！　何も、あんな風に言わなくてもいいのに！」

メイドたちは不服そうな態度で、そそくさとその場から走り去っていく。

そんな一連の光景を見たモリーさんは、眉間《みけん》に皺《しわ》を寄せて首を振る。

「やれやれ。相変わらず、お嬢様は厳しいなぁ」

「厳しい、ですか？」

「だってそうだろ？　サボっていた彼女たちも悪いとは思うが、壺を割ったのはお嬢様が急に怒鳴ったせいじゃないか」

「確かにそうですね。でも多分、アリシア様は優しい方だと思いますよ」

「え？」

何を馬鹿な、という顔で俺を見るモリーさん。

「アリシア様は一度も、壺を割ってしまったことを責めなかったじゃないですか」

あれほど高そうな壺を使用人が割ってしまったのに、その責任を追及しない。

並の貴族には到底真似《まね》できない寛容さだ。

「それにアリシア様はずっと、あの子の足……怪我《けが》を見つめていましたから。冷たく突き放すような言葉も『早く治療しに行きなさい』という意味だったのかも」

「あのお嬢様が……うーん、にわかには信じがたいが」

モリーさんは納得できていないのか、両腕を組んだまま首を傾《かし》げている。

「なんか変わっているな、お前。あんな態度を見たら普通、悪い印象を持つもんだろ？」

確かに、大多数の人間はモリーさんと同じような感想を抱くのだろう。

でも俺には、アリシア様が悪い人だとは思えない……とある理由があった。

「実はアリシアお嬢様の言動が、数年前に生き別れた姉にかぶって見えたんですよ」

「おいおい。あのお嬢様にかぶって見えるって、一体どんな姉なんだ……？」

「あはは、今思うと少し変わっていましたね。常に厳しい人だったんですけど、本心では私をとても大切に想ってくれていて……」

一見すると傍若無人《ぼうじゃくぶじん》な振る舞いも、実はその裏がある。結果的に俺は姉のスパルタ教育のおかげで逞《たくま》しく成長を遂げ、あの男からの虐待に耐えられるようになった。

「だから今のところ、アリシア様を悪い人だとは思えないんです」

俺がそう断言すると、モリーさんは呆気《あっけ》に取られたように目を丸くしていた。

「そ、そうか。そういうこともあるよな……うん」

「って、急に変な話をしちゃってすみません。早く仕事に戻りましょう！」

その空気がちょっと気まずいので、俺は急いで箒《ほうき》とちりとりを手に取り、メイドたちが割ってしまった壺《つぼ》の破片を片付け始めるのだった。

◇

「ふぅっ……やっと終わったのはいいんだけど、ここはどこだろう？」

アリシア様に命じられた片付けを終えて、通常の清掃業務へと戻る途中。

慣れない屋敷で右も左も分からなくなり、俺は迷ってしまっていた。

「遠慮せずに、モリーさんに付いてきてもらえば良かったな」

そう思いながら、廊下の角を曲がると……

「あっ」

思わず立ち止まる。なぜなら、曲がった先の廊下にアリシア様が立っていたからだ。

「すぅっ……はぁっ……」

彼女はとある扉の前で、自分の胸に手を当てて……何度も呼吸を整えている。

そのせいで、俺が近くにいると気付いていないようだ。

「……よし、行くわよ」

ボソリと一言呟《つぶや》いて、アリシア様は意を決したように右手を前に出す。

そのまま部屋の扉をノックしようとした——その時。

「本当に最悪。なんなのよ、偉そうに！」

「アイツが声をかけてこなきゃ、壺《つぼ》を落とすこともなかったのにさ！」

扉の奥から聞こえて来た怒声に驚いたアリシア様は、思わず手を引っ込める。

この声は確か……さっき、壺を割ってしまったメイド二人のものだ。

ということは、あの部屋はメイド用の控え室なのか……？。

「こっちは足の痛みを我慢して片付けようとしたっていうのに！」

「何が『今すぐ私の前から立ち去りなさい』よ。嫌われ者のくせに、調子に乗っちゃってさ」

「あはははっ、ひっどーい！　でも、本当に腹が立つわよね」

品の無い笑いや、アリシア様への罵詈雑言《ばりぞうごん》が控え室の中から次々と漏れてくる。

あの余りにも迂闊《うかつ》なメイドたちは気付かない。いや、考えもしないのだろう。

控え室の扉一枚を隔てた廊下に、自分たちが馬鹿にしている本人が立っていることなど。

「…………っ」

扉に背を預けるようにして、体を震わせるアリシア様。

あまりにも弱々しく、傷付いている彼女を目の前にして……俺の体は勝手に動いていた。

「あの……アリシア様？」

「っ！」

声をかけられて、俺の存在にようやく気付いたアリシア様。

彼女はハッとした表情を浮かべると、逃げるように駆け去っていった。

「今……アリシア様が持っていたのって」

ほんの一瞬の出来事であったが、俺は見逃さなかった。

アリシア様が左手に握りしめていたのは、傷口に塗るための軟膏薬《なんこう》。子供の頃、あの男から酷《ひど》い虐待を受けた後はいつも……姉さんが文句を言いながら手当てしてくれたのを思い出す。

「ははっ……やっぱり優しいじゃないか」

走り去っていくアリシア様を見つめながら、俺は思わず笑みを零《こぼ》してしまうのだった。

◇

オズリンド家の屋敷で働き始めてから一週間。

あれからクビにされるようなことも、これといってアリシア様とお話をする機会もなく。

平凡に日々の仕事をこなしていく中で、俺はアリシア様に関する色々な噂《うわさ》を耳にした。

「そういや、アリシア様って、王都のありとあらゆる社交場を出禁になっているらしいぜ」

屋敷の中庭で植木の手入れをしている最中、モリーさんが不意にそんな話を口にする。

「子供の頃に、他の貴族令嬢を虐《いじ》めて泣かせたのが原因とかでな。貴族界全体から、すっかり爪弾《つまはじ》きにされているってわけさ」

社交場というのは、貴族たちが互いの交友を深めるために開くパーティーの会場を指す。

それを出禁になるなんて、何があったのだろうか。

「しかも社交場だけじゃなく、通っていた学院でも問題を起こして無期限停学中なんだとよ」

「だからいつも、お屋敷の中で習い事をされているんですね」

「ああ。本邸の旦那《だんな》様は早く結婚相手を見つけて欲しいみたいなんだが……社交場や学院に通えないんじゃ、相応《ふさわ》しい相手を探すのも一苦労ってわけだ」

「婚約者とかはいらっしゃらないんですか?」

俺のような平民には縁の無い話だが、貴族ともなれば相応の家柄同士で婚約するのが一般的だ。これだけ立派なオズリンド家との縁談ともなれば、引く手数多《あまた》だと思うが。

「実はすでに、何十人もいたんだってよ。でも、どのお方もアリシアお嬢様の【氷結】な振る舞いに耐えきれず、婚約を破棄していったそうだ」

「えっ……」

「しかも、婚約破棄した相手は全員すぐに新しい婚約者を見つけてさ。今では幸せそうに暮らしているとかなんとか」

モリーさんの話を聞きながら俺は思う。

仮にアリシア様に非があったとしても、婚約破棄して早々に別の相手と婚約するなんて明らかにおかしい。いや、貴族の価値観ならそれが当然なのかもしれないが……

「というわけで『アリシアお嬢様という悪役から解放された貴族は真実の愛を手に入れる』なんて噂《うわさ》も広がっているんだよ」

「うーん。なんだか、アリシア様が不憫《ふびん》ですね」

「お前は本当にお嬢様が大好きだな。まぁ、あの美貌に夢中になるのは分かるけどよ」

同情的な俺の呟《つぶや》きを聞いて、モリーさんは呆《あき》れたように両肩をすくめる。

こんなやり取りも、この一週間で何回も繰り返していた。

「悪いことは言わん。今時、使用人と貴族令嬢の禁じられた恋なんて吟遊詩人もネタにしないぞ。それに、相手があのアリシアお嬢様ともなれば……」

「ずいぶんと盛り上がっているわね。何の話か、ワタクシにも聞かせてもらえるかしら？」

力説していたモリーさんの後方から、アリシア様がスッと姿を現した。

どうやら今日は中庭をお散歩なさっていたようだ。

「こ、こここ、これはアリシアお嬢様！　え、えっと！　あ、そうだ！　マヤさんから呼び出されていたのを忘れておりましたぁぁぁぁぁっ！」

アリシア様から声をかけられたモリーさんは額から冷や汗を垂らし、そのまま逃げるように屋敷の玄関へと走り去っていった。

「チッ……」

「おはようございます、アリシア様。本日も良い天気ですね！」

不満げに舌打ちするアリシア様に、俺は笑顔で元気よく挨拶《あいさつ》をする。

すると彼女はほんの少し目を細め、俺の方へと顔を向けてきた。

「貴方《あなた》は……確か、グレイとかいう新入りだったわね」

「はい！　名前を覚えて頂けていたなんて、光栄です！」

「……馬鹿にしないで。いくら下等な平民が相手といえども、屋敷に仕える使用人の顔と名前くらいは一通り覚えているわ」

「失礼しました。アリシア様は聡明な方ですから、当然でございますね」

「えっ……？　あっ、うん。そうよ」

俺が微笑《ほほえ》みながら頷《うなず》くと、アリシア様はきょとんとした表情になる。

それから何か不気味なモノを見るような瞳で、俺の全身を上から下まで眺めてきた。

「グレイ……貴方、どうして笑っているの？」

「あっ、すみません。ご不快でしたか？」

「いいえ、そうじゃないわ。ただ……理由が聞きたいだけ」

「理由と言われましても。アリシア様のようにお美しい方と話せるのは、一人の男として嬉しいですし……それに、先程のことが嬉しくて」

どこか困惑した様子のアリシア様に、俺は包み隠さず本心を打ち明ける。

しかしそれでも、アリシア様は納得できていないのか。

その可愛らしい顔を、ほんの僅《わず》かに傾けていた。

「先程の……？」

「アリシア様が本当に私たちを下等な平民だと思っているなら、顔や名前を覚えたり、こうして話しかけたり……そんなことを必要は無いですよね？」

「それは……」

「ですから、アリシア様はお優しい方だと思うんです。身も心もお綺麗《きれい》なアリシア様にお仕えできて、自分は本当に幸せ者ですよ」

「なっ……！」

俺が言い終えるのと同時に、アリシア様は俺から視線を逸《そ》らす。

そして一本の派手な扇子を取り出して、口元を覆い隠した。

「貴方……ずいぶんと幸せな思考をしているのね」

「そうでしょうか？」

「ふん、まぁいいわ」

アリシア様の表情は扇子のせいでよく見えないが。

だが、その声色はかなり上擦《うわず》っているように聞こえた。

「そんな風に言ってくれたのは、貴方《あなた》が初めて……」

「えっ？　今、なんとおっしゃいましたか？」

「なんでもないわよ！　いつまでもサボっていないで、早く掃除を続けなさいっ！」

「か、かしこまりました！」

いかん。アリシア様とお話しできるのが嬉しくて、つい調子に乗ってしまった。

使用人としてあるまじき行動だ。反省しないと。

「では、失礼致します」

俺は深々と頭を下げてから、急いで清掃を再開する。

それに合わせてアリシア様も、俺から離れるように歩き出したのだが……途中でピタリと足を止めると、振り返らずに俺の名前を呼ぶ。

「……グレイ。貴方が来てからというもの、屋敷が以前よりも綺麗《きれい》になったわ」

「えっ？」

「冴えない平民にしては、多少マシな才能を持っているようね。これからも、ワタクシのためにその腕を振るいなさい」

そう言い残して、お嬢様はそのまま離れていく。

聞く人によっては嫌な気分になるかもしれない捨て台詞《ぜりふ》だが……俺にとってはこの上ない賛辞の言葉である。

「はいっ！　これからもアリシア様のために頑張りますっ！」

「……っ！」

俺が言葉を返すと、アリシア様がビクンッと体を震わせた……気もするが。

まぁ、そんなことはどうだっていい。

あの方に褒めて頂けた。その事実だけが俺にとっては大切なのだから。

◇

ワタクシはこの屋敷が嫌いよ。

「……」

廊下。食堂。エントランス。中庭。

そのどこを歩いていても、ワタクシに向けられる視線は冷たいものばかり。

誰も彼もがワタクシを苦手とし、嫌っている態度を隠そうともしない。

「はぁぁぁぁぁ……」

天蓋《てんがい》付きのベッドへと飛び込み、柔らかな枕に顔を沈めていく。

長年愛用しているこの枕に、ワタクシは今までどれだけの涙を染み込ませてきたのか。

一週間前。メイドたちがワタクシへの陰口を話しているのを聞いた日の夜なんて、もう二度と使い物にならないんじゃないかと思うくらいびしょ濡れにしたのだけれど……。

「……ふ、ふふふっ」

でも、今日は違う。

ワタクシは初めて、涙の味しか知らない枕に……幸せな笑顔を与えることができるの。

「グレイ……グレイですって。くふふふふっ……」

このワタクシに笑顔で挨拶《あいさつ》してくれただけではなく、あんなにも楽しそうに会話をしてくれた掃除係の少年。

「年は……ワタクシよりも少し下なのかしら」

枕の横。生前のお母様から頂いたクマのぬいぐるみ（これが無いと寝られない）を両手で持ち上げながら、ワタクシは仰向《あおむ》けになる。

「ねえ、ゲベゲベ。今日はとっても良いことがあったのよ」

『へぇー、ボクにも教えてよアリシア！』

「ふふっ。この前、新しく入ったばかりの使用人が……」

いつものようにワタクシはぬいぐるみのゲベゲベと一人二役で話す。十七歳にもなって、こんな子供の遊びはよくないと分かっているのに……いつも私はこの子を頼ってしまう。

「……という感じでね。ワタクシ、嬉しくなっちゃって」

『ふむふむ。それでアリシアは、そのグレイ君が気に入ったんだね？』

「き、気に入ったとか……そういうわけじゃ、ないわよ」

『ふぅん？　でも、君の本心を見抜いてくれた人なんて……今までいなかったじゃないか』

そう。ゲベゲベの言う通り。

私は昔から、自分の気持ちを素直に……表に出せない人間だった。

だから多くの敵を作ってきたし、それに伴ってワタクシの態度はますます酷《ひど》くなって……

今では実のお父様からも見捨てられ、こんな別邸に押し込められている。

唯一、ワタクシを可愛がってくれたのは……ずっと昔に亡くなられたお母様だけ。

「本当はね、変わらなくちゃいけないと分かっているの。それなのに、誰かを前にした途端、ワタクシの心はみるみる凍り付いて……【氷結令嬢】になってしまう」

『違うよ、アリシア。君は【氷結令嬢】なんかじゃないさ』

「ゲベゲベ……」

『君はとても優しい子だよ。グレイ君が言ってくれたようにね』

「……ええ、そうね。ふふっ、せっかくの嬉しい気分を台無しにしたらいけないわ」

ワタクシはゲベゲベを胸に抱きしめながら、ゴロンとベッドの上で寝返りを打つ。

『うんうん。アリシアは笑った顔が一番だよ。グレイ君に見せたら、きっとイチコロだよ』

「も、もう……！　だから、彼はそういうのじゃないって言っているじゃない」

『えー？　怪しいなぁ』

今夜はきっと、涙の流れない夜になるわ。

それもこれも全部。あの使用人……グレイのおかげ。

ああ、今度はいつ話せるのかしら？

◇

アリシア様と中庭で会話をしてから、何日か経ったある日。

突然、俺を書斎へと呼び出したマヤさんは……驚くべき言葉を口にした。

「え？　私がアリシア様とご一緒に……舞踏会へ？」

「ええ。実は今晩、とある侯爵邸にて盛大な舞踏会が開かれるのです。そこにお嬢様を参加させよと、旦那様《だんなさま》からのご指示がありまして」

たしかアリシア様は社交場を出禁になっているはずでは？

一瞬そう思ったが、きっと個人主催の舞踏会には参加を許されているのだろう。

「社交場への復帰へ向けて、少しでもリハビリさせたいようですね。しかし、またしても問題を起こされては困ります」

マヤさんは両腕を組み、微《かす》かに不機嫌そうな様子を見せる。

「ですから貴方《あなた》に、お嬢様の監視役を頼みたいのです」

「勿論《もちろん》お引き受けしますが、なぜ私をお選びになったのでしょうか？」

正直なところ、俺なんかよりも適任だと思える使用人は大勢いる。

それこそマヤさんや、俺の先輩であるモリーさんだっているというのに。

「……お嬢様にこのお話をしたら、貴方《あなた》を推薦してきたのですよ」

「はい？」

「私の顔を見ながら『ロクでもない使用人連中の中で、グレイが一番マシよ。グレイが同行するのでなければ、絶対に参加しないわ』とまで言われてしまいましてね」

だから仕方なくお前を選んだ。そう言いたげに、マヤさんは俺を一瞥《いちべつ》する。

いや、怒っているというよりは何かを勘繰るような視線にも思えた。だけどこの時の俺は、そんな彼女の態度よりも……アリシア様に指名された喜びに打ち震えるばかり。

「こ、光栄ですっ！　お嬢様自ら、ご推薦頂けるなんて！」

「……とにかく、今晩はよろしく頼みますよ。くれぐれも、オズリンド家の品格を落とすことがないように」

「はいっ！　必ずや、お役目を果たしてみせます！」

貴族たちが集まる舞踏会なんて、平民の俺には恐れ多すぎて近寄りがたい場所である。

でも、あのアリシア様と一緒に過ごせるというのなら話は別だ。

全身全霊で、アリシア様のお役に立たなければ！

◇

アリシア様と共に送迎用の馬車に乗り、オズリンド邸を出発してから数十分後。

舞踏会の会場である侯爵邸にて、目にしたのは――

「わぁ……」

生まれも育ちもド平民である俺が、初めて訪れる貴族たちの舞踏会。

それはまさに、おとぎ話の中に存在する夢の世界だった。

美しい服装に身を包んだ美男美女たちが優雅な仕草で談笑し、下々の者とは別次元の存在であるという現実をこれでもかと見せつけてくる。

平民が生涯賃金を投げ売っても手が届かないであろう調度品や、匂いだけでも満足してしまいそうな高級料理の数々。

使用人として来ている俺でも、高貴な雰囲気に気圧《けお》されて頭がクラクラしてしまう。

「……ふん。騒々しい場所ね」

だが、そんな異世界の中であってもアリシア様の態度は変わらない。

いつもの毅然《きぜん》とした高圧的なオーラを纏《まと》い、その美しさをより際立たせている。

「グレイ。馬車の中でも言っておいたけど、くれぐれもワタクシの使用人として恥じない行動を心がけなさい。いいわね？」

「勿論《もちろん》でございます！」

「……ほら、付いていらっしゃい」

俺に釘《くぎ》を刺してから、平然と会場の中央を突き進んでいくアリシア様。

「お、おい……！　あそこにいるのって……」

「ああ、間違いない。オズリンドの一人娘だ」

「【氷結令嬢】がどうしてこんな場所に……？」

そんなアリシア様の姿は、あっという間に会場中の視線と関心を集める。

この場にいる貴族たちの中でも、間違いなく一番だと言えるその美貌。

他者とは一線を画す気高い美しさが、周囲の目を引き寄せているんだ。

「あらぁ、誰かと思えばアリシアじゃなぁい」

「え、えっとぉ……」

と、その時。二人組の若い貴族令嬢が、アリシア様に話しかけてきた。

派手な化粧とドレスが印象的な女性と……そばかすが特徴的な素朴《そぼく》な雰囲気の女性だ。

「リムリス、ファラ……」

アリシア様は嫌なモノを見た、というような反応で眉《まゆ》をひそめる。

しかし、相手の方はそれを意に介する様子も見せずに言葉を続けた。

「こうして顔を合わせるのは貴方《あなた》が停学になって以来ねぇ。しかしそれにしてもぉ、貴方みたいな嫌われ者が舞踏会に来るなんて信じられないわぁ」

クスクスと笑っている、鼻にかかった話し方をする女性がリムリス様。

その後ろで引き攣《つ》った笑みを浮かべている方がファラ様……だろうか。

停学になって以来、という言葉から察するに……彼女たちはアリシア様のご学友らしい。

しかしどう見ても、良好な関係を築いているとは思えないな。

「……ファラ、貴方は相変わらずの様子ね」

「ひっ！　ア、アリシアさん……！」

リムリス様の言葉をスルーし、アリシア様はなぜかファラ様の方へと声をかける。

それに対してファラ様は怯《おび》えたように俯《うつむ》くばかりだ。

「なんて酷《ひど》い格好。田舎者《いなか》丸出しでセンスの欠片《かけら》も無い。そんなメイクとドレスで舞踏会に参加するくらいなら、家に引きこもっていた方がマシね」

「そんな……！」

確かにアリシア様が御召しになっている華やかなドレスとは対照的に、ファラ様のドレスは暗い緑色を基調とした地味なもの。髪型も簡単にリボンで結んだだけのお下げ髪だ。

こう言うと失礼かもしれないが、彼女の服装やメイクは平民が背伸びをして、少し奮発した格好——といった印象である。

「もし良かったら、私の行きつけの店を紹介してあげましょうか？　そうすれば、今よりも遥かにマシな格好になれるでしょうから」

「う、うぅっ……！　酷い……あんまりです……！」

アリシア様のキツイ言葉に傷付いてしまわれたのか、ファラ様はその場で泣き崩れる。

すると今度は、リムリス様が怒りの表情を見せて声を荒らげた。

「なんて酷いことを言うのよぉ！　貴方にファラの何が分かるのぉ？　この子にはこういう格好がとっても似合っているんだからぁ！」

そんな猛反論に、周囲で見守っていた野次馬たちも同調を始める。

明らかにアリシア様を責めるような視線で、彼女への非難を囁《ささや》き出した。

「公衆の面前で恥をかかせるなど、とんでもない女だな」

「血も涙も無いとは聞いていたが、あれだけ人を侮辱して顔色一つ変えないとは……」

「まさしく【氷結令嬢】の異名通りだ」

「こんな虐《いじ》めを見せられるなんて、不愉快だわ……」

舞踏会にいるほぼ全員が、アリシア様を蔑《さげす》んだ瞳で見つめ……ヒソヒソと陰口を漏らす。

「ぐすっ……ふぇぇぇん……」

「もう行きましょう！　ファラ、誰がなんと言おうと私は貴方の味方よぉ」

泣きじゃくるファラ様の背中を優しく撫《な》でるリムリス様。

「ふふっ、そうよぉ。貴方《あなた》のことは私が一番、よーく理解しているんだからぁ」

その表情はまるで、自分の行動に酔っているかのように……とても楽しげで。

言うなれば、優越感に浸っているような感じだ。

「……そうか」

俺はそれを見た瞬間、全てを理解した。

アリシア様がなぜ、ファラ様にあんな言葉を言ったのか……その真意を。

「ひっく……嫌い……嫌いです！　いつもいつも！　お会いするたびに私を馬鹿にしてっ！

もう二度と話しかけないでくださいっ！　貴方の顔も見たくありません！」

「……ふんっ。好きにすればいいじゃない」

「ええ！　そうさせて頂きますっ！」

ファラ様はアリシア様を恨めしげに睨《にら》み付けると、そのまま立ち去ろうとする。

もしもこのまま彼女を行かせてしまえば、この悲しい誤解を解く機会は訪れない。

ファラ様の中でアリシア様は永遠に、憎らしい【悪役】となってしまうのだ。

そんなの……あまりにも悲しすぎるじゃないか。

「お待ちくださいっ！」

気が付けば、そう叫んでいた。

その瞬間、会場中の注目が一気に俺へと集まる。

なんだコイツは？　平民の使用人風情《ふぜい》が何を言っているんだ？

そうした声が、あちこちから聞こえてくる。

「いきなり何よぉ？　使用人の分際でぇ、どういうつもりぃ？」

当然、当事者の一人であるリムリス様も、俺の横入りに気分を害してしまったようで。

彼女は心底不愉快そうに、俺の方へと冷たい視線を向けてきた。

「申し訳ございません。しかし、どうしてもお伝えしたいことがありまして」

しかし、この程度で怯《ひる》んではいられない。

俺はまず非礼を詫《わ》びるようにして頭を下げる。

「失礼ながら、この場にいる皆様は……アリシア様を誤解なさっています。ですから、その誤解を解く機会を頂ければと」

「「は？」」

呼び止めたお二人に加えて、俺の隣のアリシア様も揃《そろ》って首を傾《かし》げる。

それでも構わず、さらに言葉を紡《つむ》いでいく。

「アリシア様はとても心優しい方なのですが、どうも素直に本心を打ち明けることが苦手なようでして。ですから、私がその真意を補足致します」

「ちょ、ちょっとグレイ！　何を言い出すの？」

慌てた様子でアリシア様が俺の腕を掴《つか》んでくる。

「先程、ファラ様に向けた『なんて酷《ひど》い格好。田舎者《いなか》丸出しでセンスの欠片《かけら》も無い』という言葉ですが……アリシア様はこうおっしゃりたかったのです」

しかし俺はそのまま構わずに、会場中に響き渡るほどの大声で言葉を続けた。

『貴方《あなた》はもっと素敵なドレスを着た方が似合うに決まっている』……と！」

「「……はぁ？」」

「そして続く『もし良かったら、私の行きつけの店を紹介してあげましょうか？』との言葉。これは『一緒にお買い物に行きたいから誘ってもいい？』という意味です！」

「「はぁぁぁぁぁっ!?」」

綺麗《きれい》に声を揃《そろ》えて、驚きの叫びを上げるファラ様とリムリス様。

「全ては、ファラ様をお買い物に誘おうとして、素直になれかった結果なんですよ！」

「〜〜〜〜っ！」

アリシア様は気が動転しているのか、顔を赤くし、口をパクパクとさせながら震えている。

ああ、そんな顔もお美しい……って、見惚《みほ》れている場合じゃない。

「ふ、ふざけるんじゃないわよぉ！　どう考えても、さっきのは罵倒《ばとう》だったわぁ！　アリシアは間違いなく、ファラを見下しているのよぉ！」

「いいえ。そんなはずはございません」

もしもアリシア様が本当にファラ様を見下し、馬鹿にしていたとしたら。

リムリス様に対する態度と同じく、話しかけられても相手にせず無視をするはずだ。

それを敢えて、わざわざ憎まれ口まがいの言葉で声をかけたのはきっと……彼女を少なからず気にかけているからに違いない。

「……本当に、アリシアさんが……？」

リムリス様は憤慨している様子だが、ファラ様だけはどこか戸惑っているような眼差《まなざ》しをこちらに向けてきた。俺はそのチャンスを逃さないよう、ファラ様に問いかける。

「ファラ様。ひょっとして、そのお召し物やお化粧はご自身で選ばれたものではなく……リムリス様に勧められたものでは？」

「え？　ええ……そうです、けど」

「っ!?」

「そして、今回のような揉《も》め事は一度や二度ではない。アリシア様以外の方からも、傷付く言葉を投げかけられ……リムリス様に慰めて頂いたことがあったのでは？」

「ど、どうしてそれを……あっ！」

ここまで言えばファラ様も気付く。

いや、薄々と気付いてはいたが……認めたくなかったのだろう。

「……アリシア様は貴方様をお救いしようとしたのです。そして、ファラ様の持つ本来の魅力を引き出すために……お買い物へと誘いたかった」

素直に誘えずに、あんなにも高圧的な言い方になってしまったわけだが……それでも構わなかったのだろう。

自身の優越感を満たすために友人を騙《だま》し、地味で目立たない【引き立て役】に仕立て上げる。

そんなリムリス様の浅ましい企《たくら》みに、ファラ様が気付いてさえくれれば……

「ふ、ふざけないでぇ！　黙って聞いていればぁ、人を悪者みたいにぃ……！」

しかしここで、凄《すさ》まじい剣幕のリムリス様が口を挟んでくる。

ひた隠しにしてきた浅はかな企みを公衆の面前でバラされて、慌てふためいているようだ。

「悪いのはどう考えてもアリシアでしょう！　今まで、その子がどれだけ多くの人間を傷付けて来たのか知ってるぅ？　素直になれないとか、そういう問題じゃないのよぉ！」

「…………」

「アリシアは嫌われ者！　その子がいるだけで、みんなの気分が悪くなるのよぉ！　今さら、いい子ぶったところで……誰も味方する奴なんかいないんだからぁ！」

勝ち誇ったように叫ぶリムリス様。浅ましい偽善者の仮面が剥《は》がれ落ちた彼女の姿は見苦しいが、周囲の貴族たちにとっては納得できる発言であったようで。

「確かに……とてもじゃないが、信じられない」

「どうせ、また何か企んでいるんだろう？」

彼らがこれまでに抱いてきた憎悪や嫌悪が、アリシア様に突き刺さる。

それでも。こんなにも四面楚歌《しめんそか》な状況においても。

アリシア様はその気高い表情を崩さず、まっすぐに前を見据えていた。

だから俺も……そんな彼女の使用人として決意を示さなければならない。

「味方なら、私がいますよ」

「……ハァ？」

「これから先、何があろうとも！　私がアリシア様の本当の想いを皆様に届けます！　そして必ず、アリシア様が【氷結令嬢】ではないと証明してみせますから！」

俺の必死な啖呵《たんか》を受けて、周囲のどよめきが一層激しくなっていく。

使用人風情《ふぜい》が何を、と思われているのだろうか。それでも俺は……！

「もういいわ。そこまでよ、グレイ」

「アリシア様！　ですが……！」

「身の程を弁《わきま》えなさい。これ以上、この場を乱せば……ワタクシだけではなく、オズリンド家の恥になると分からないの？」

「あっ……」

アリシア様の叱責で、俺の頭に上っていた血が一気に下がっていく。

「……皆様方、このたびは失礼しましたわ。ワタクシたちのことは忘れて、後はごゆっくりと舞踏会をお楽しみくださいますよう」

そう高らかに宣言して、アリシア様はくるりと踵《きびす》を返す。

そのまま出口へと向かって歩き出した彼女を、俺は慌てて追いかけた。

◇

「大変申し訳ございませんでしたっ！」

会場を後にし、侯爵邸の正門まで到着したところで……俺は土下座による謝罪を行った。

思い返せば、使用人をクビになるのは当然として、牢獄《ろうごく》送りにされてもおかしくないほどの勝手をしてしまったのだ。

「全く。恥をかかせるなと言っておいたのに……」

「……っ！」

「貴方《あなた》、掃除係の分際で生意気よ。最低、最悪、信じられない」

地面に額を擦り付けている俺に、アリシア様の顔は見えない。

すごく怒っているのか。それとも呆《あき》れているのか。

いずれにしても、俺はもう二度とアリシア様と会話を交わせないだろうと……思っていた。

「だから……そうね。これからはワタクシ自ら、使用人としての作法を叩き込んであげるわ」

「……へ？」

驚きのあまり、俺は顔を上げる。

するとそこには、俺の顔を覗《のぞ》き込むようにしゃがみ込むアリシア様の姿があった。

「……聞こえなかったの？　今後は常に、ワタクシの傍《そば》だけに仕えなさい」

「えーっと。掃除係から、お嬢様専属の使用人になれということですか？」

ちょっと回りくどいアリシア様の言葉を俺なりに噛《か》み砕いて聞き返すと、彼女の顔はみるみると真っ赤に染まっていき……

「～～～～っ！　うるさいわね！　何か文句でもあるの⁉」

「いえっ！　とんでもございません！」

余りの剣幕に驚いた俺は、素早く立ち上がって姿勢を正す。

それに満足したのか、アリシア様はコクリと頷《うなず》く。

「いい心掛けね。それじゃあ……ワタクシのモノとなった貴方に最初の仕事を与えるわ」

そう呟《つぶや》いて、アリシア様が俺の前に左手を差し出してくる。

「んっ」

「はい？」

「んーっ！」

パタパタパタ。アリシア様が地団駄を踏むように、ドレスのスカートを揺らす。

「いえ、ですから……」

「……貴方《あなた》のせいで、今夜は誰とも踊れなかったでしょう？」

「そ、そうですね」

「だから……迎えの馬車が来るまでの間、貴方が相手を務めなさい」

「いぃっ!?」

いやいやいや！　いきなり言われても困ってしまう！

貴族の方がするような優雅な踊りなんて、俺は見たことさえ無いというのに！

「あら、踊れないの？　それなら適当に合わせなさい」

「しかし……」

「グレイ。ワタクシ、二度も同じことを言うのは大嫌いよ」

「……はい」

俺は観念して、アリシア様の手を取る。

【氷結令嬢】という悪名に反して、その柔らかな手はとても温かい。

「ステップには期待しないわ。せめて、足やドレスの裾を踏まないように気を付けて」

「が、頑張ります……」

侯爵邸の舞踏会場から、ほんの微《かす》かにだけ漏れてくる音楽。

雲の切れ間から差し込む、月明かりのスポットライト。

観客なんて誰もいない……ただ二人きりのダンス。

「う、うぅっ……？　よっ、ほっ……はっ！」

そのあまりにも不格好で、情けないへっぴり腰のダンスを見れば……きっと多くの人が大笑いしてしまうだろう。

だけど、今夜の俺は世界中の誰よりも幸せだったに違いない。

なぜなら──

「ふふっ……なぁに、それ？　もうちょっと頑張りなさいよ」

この美しすぎる笑顔を、独り占めすることができたのだから。

◇

「全く！　なんて身の程知らずの使用人なのかしらね！」

舞踏会から帰宅し、自室へと戻ったワタクシはベッドの端に腰を下ろす。

顔が熱い。胸の動悸《どうき》が止まらない。

今にも倒れてしまいそうなほどの興奮を抑えながら、ワタクシはゲベゲベに手を伸ばした。

『あれれー？　アリシア、なんだかご機嫌だね！　大嫌いな舞踏会に行ったはずなのに、どうしてそんなに嬉しそうなの？』

「く、くふっ……くふふふっ……！　そんなに聞きたいの？　もう、しょうがないわね」

溢《あふ》れ出る笑みを押し殺しながら、ワタクシはゲベゲベに今日の出来事を話す。
いつものように、素直になれなくて揉《も》め事を起こしてしまった。
心の中で泣きそうになっていた私を、素敵な使用人が格好良く助け出してくれた。
さらに最後には、そんな彼とロマンチックなダンスを——
『すごいじゃないか！　きっと彼は、アリシアが待ち望んだ王子様なんだよ！』
「王子様だなんて、何を言っているのよ。グレイは平民でしょう？」
そうよ。グレイは平民の使用人。
ただ他の人間よりも仕事熱心で、いつも一生懸命で。
ワタクシの本心を誰よりも理解してくれて、ワタクシに尽くしてくれて。
そしてこんなにもワタクシの胸をドキドキさせる……ワタクシだけの使用人。
「王子様じゃないけれど……運命の人、くらいならちょうどいいかしらね」
『うん！　グレイ君ならピッタリだ！』
「んふぅーっ！　ゲベゲベったら！　いくらなんでも気が早すぎるわ！」
ゲベゲベを胸に抱きしめながら、ゴロゴロゴロとベッドの上に転がる。
ああ、グレイ。貴方《あなた》は本当にいけない使用人だわ。
こんなにも主人の心をかき乱すなんて……ふふっ。
明日からたっぷりと、貴方を教育してあげるんだから。

◇

例の舞踏会から一夜が明けた翌朝。

俺とアリシア様は共に、マヤさんの書斎を訪ねていた。

「これは……どういうことです？」

「どうもこうもないわ。この生意気で無礼な掃除係を、ワタクシが一人前の使用人として鍛え上げるというだけの話よ」

アリシア様はマヤさんと顔を合わせるなり、『グレイを今日からワタクシの専属にするから、新しい掃除係を雇っておきなさい』と発言。

そのまま俺の首根っこを摑《つか》んで部屋を出ていこうとしたのだが、流石《さすが》に引き止められてしまい、こうして事情を聞き出されているというわけだ。

「……昨晩の舞踏会で何があったのかは把握しています。そこの馬鹿正直な掃除係が、懇切丁寧に書き記してくれた報告書を読みましたから」

「うっ……！」

マヤさんがジロリと俺を見る。そこまで怒っているというわけではなさそうだが、俺の軽率な振る舞いを責めているのは間違いなかった。

「だとしたら、グレイがどれほどの愚か者なのか分かるわよね？　主人として、こんなにも無礼極まりない使用人を放置しておくわけにはいかないの」

「いひゃいれふ……」

アリシア様は俺の頬《ほお》をぐいーっとつまんで引っ張りながら、マヤさんに訴える。

しかし、そんな言葉で彼女が簡単に説得されるわけもなく。

「愚かな使用人だと言うのなら、解雇すればいいだけの話です」

「マヤ、いくら不出来な使用人だからといってすぐに解雇するのは、高貴な者として相応《ふさわ》しい決断とは思えないわ。少しは堪《こら》え性《しょう》を持つべきよ」

「「……」」

この時ばかりは、俺もマヤさんも心を揃《そろ》えて『どの口が言うのか』と思ったことだろう。

「はぁ……正直に言って私はグレイ君を評価しています。仕事は真面目《まじめ》にこなしていますし、昨夜の一件も主人への忠誠心が高過ぎるがゆえの行動なのでしょう」

「マヤさん……」

「お嬢様の誤解されがちな言動……その真意を他の者に伝える【通訳係】として、彼を専属使用人にするのもやぶさかではございません」

「じゃあ……！」

「しかし、どうしても……あんな条件を飲むわけにはいきません！」

バンッと、目の前のテーブルを両手で叩くマヤさん。

無理もない。なぜなら、アリシア様の提示した【専属の使用人】というのは……

「食事のみならず、寝室まで常に一緒だなんて！　正気なのですか!?」

そう。アリシア様はありとあらゆる生活に俺を同伴させると言ったのだ。

それが原因で、マヤさんはご覧の有様で猛反対している。

「マヤ。貴族たるもの、常識に囚《とら》われてばかりでは進歩がないものよ」

「貴族としてではなく、年頃の女性としておかしいと言っているのです！」

超が付くほどの正論である。

かくいう俺も、心情としてはマヤさんの味方だ。

ここは心を鬼にして、アリシア様を諫《いさ》めるべきだろう。

「アリシア様、自分もこれはちょっと……」

「貴方《あなた》の意見は聞いていないわ」

「……はい」

ただの使用人である俺に発言権は無いらしい。

「……お嬢様。グレイ君はお嬢様と年が近いので、初めてできたご友人のような感覚なのでしょう。それゆえに、距離を測りかねているだけなのです」

「このワタクシが平民と友人？　そんなもの、気色悪いだけよ。はぁー、きもきもっ！　あまりにも気持ち悪過ぎて、おえーゲロゲロだわ」

と言っているアリシア様だが、先程からモジモジと内股を擦り合わせるようにして忙《せわ》しなく足を動かしている。最初はトイレに行きたいのかと思っていたが……頬《ほお》を赤らめているところを見るに、どうやら照れていただけらしい。

「……身の回りの世話くらいでしたら許可しましょう。しかし、一線を超えるような真似《まね》をしでかしたその時は……私は問答無用で旦那《だんな》様にご報告しますから」

「お父様に……ですって？　それをワタクシが許すと思う？」

「私はお嬢様ではなく、旦那様直属の使用人ですから。お嬢様にいくら脅されようとも、関係ございませんよ」

「ぐっ……！」

なるほど。マヤさんがアリシア様に対して、強気な態度を取れる理由がようやく分かった。旦那様の直属である以上、アリシア様の独断でクビにされる心配は無いわけだ。

「マヤさん、ご安心ください。自分のような平民が、高貴なアリシア様に手を出すことなど断じてありえませんから！」

「ふんっ……」

「いだぁっ！」

俺が断言すると、頬を膨らませたアリシア様が俺の太腿をギュッと抓《つね》ってきた。

その痛みを堪《こら》えながら、俺は言葉を続ける。

「自分はアリシア様に幸せになって頂きたいんです。それを叶えるに相応《ふさわ》しい相手がどのような人物か……しかと心得ていますから」

この言葉に嘘《うそ》や偽りは無い。

アリシア様が俺を好きになってくれる奇跡など絶対に起こり得ないだろうが……仮にそうなったとしても、俺はそれに応えられない。応えちゃいけない。

平民と貴族の恋愛なんて、誰も幸せになれない愚行だと分かりきっている。俺の役目はアリシア様の悪評を覆し、彼女を心から愛してくれる人物との仲を応援することなんだ。

「……分かりました。その言葉を今は信じましょう」

「それでは……？」

「お嬢様の真意を伝える通訳係として、その役目を十二分に果たしなさい。それと、私が常に目を光らせていることを忘れないように」

まだ完全に納得していないのか、どこか渋々といった表情のマヤさん。

彼女には申し訳なく思うが、これで俺はアリシア様の専属使用人となれたのだ。

アリシア様もきっとお喜びに……

「……ふーん？　まだ自覚が足りていないようね」

口元を扇子で覆い、俺をじっと睨《にら》んでいるアリシア様。

あれ？　俺、何かやらかしてしまったか……？

「もうここに用は無いわ。さぁ、行くわよグレイ」

「は、はい！」

不満げにソファから立ち上がったアリシア様は、そのまま部屋を出ていこうとする。

俺はそんな彼女に置いていかれないように、慌てて後を追いかけるのだった。

◇

マヤさんの書斎を出た後、アリシア様は俺を人気《ひとけ》の無い裏庭へと連れてきた。

そして置かれているベンチに座らせると、彼女もその隣にちょこんと腰を下ろす。

続けてアリシア様は、しなだれかかるような体勢で俺の肩に頭を預けてきた。

「あの、アリシア様……？　これは、いくらなんでも……」

「うるさいわね。いいから、そのままジッとしていなさい」

触れ合った箇所から伝わってくるアリシア様の感触、鼻腔《びくう》をくすぐる甘い香り。

それらが俺の心臓の鼓動を速め、全身にありったけの熱を送っていくのが分かる。

「……ワタクシよりも、マヤの言うことを聞くのね」

「いや、そんなつもりは……」

「ワタクシの専属使用人なのに……運命の人なのに」

「運命……？　今、なんとおっしゃいましたか？」

「……」

俺が訊《たず》ねると、アリシア様は急に黙り込む。

そして、吸い込まれてしまいそうなほどに美しい瞳で……俺の顔を見つめてきた。

「ねぇ、グレイ。貴方《あなた》って、本当に不思議な人ね」

「そうでしょうか」

「ワタクシ……子供の頃から、なぜか自分の気持ちを素直に表現できなかったの。唯一の理解者だったお母様も、ずっと前に亡くなってしまって」

「……」

「色んな人に嫌われて、憎まれて、それでも自分を変えられなくて。きっとこのまま独りぼっちで人生を終えるんだろうって……思っていたわ」

もしかすると……アリシア様はずっと寂しかったのかもしれない。

幼い頃に母を亡くし、父親からも半ば見放された彼女は、誰にも甘えることができずに孤独な日々を過ごしていたのだろう。

「でもね。貴方だけは本当のワタクシを見てくれたわ」

微笑《ほほえ》みながら、アリシア様は白くて柔らかな手を俺の頬《ほお》へと伸ばしてくる。

「だからワタクシは、貴方《あなた》を絶対に手放さない。貴方はもうワタクシのモノなんだから。何よりもワタクシを優先してちょうだい」

思い返せば、俺は今までの人生において……誰かに必要とされたことが無かった。

ゴミ溜めで育った無価値な平民である俺に、アリシア様は確かな価値を与えてくれたのだ。

「うっ、うっ……ふぐぅ……がじごまり、まじだ……」

それがあまりにも嬉しくて、俺はつい涙を溢《あふ》れさせてしまう。

「もうっ、どうして泣くの？　これじゃあワタクシが虐《いじ》めているみたいじゃない」

「ず、ずびばぜん……」

「ほーら、いい子、いい子。頭を撫《な》でてあげるから泣きやみなさい」

情けなく泣き続ける俺の頭を、アリシア様が優しく撫でてくださる。

ああ、俺はなんて幸せ者なんだろうか。

「……な、何か言いなさいよ。ガラにも無いことだって分かっているんだから」

「いえ、そんなことはありません」

ほんのりと顔を赤らめて照れるアリシア様を見つめながら、俺は決意を新たにする。

「アリシア様のあまりの可愛らしさに、元気百万倍ですよ」

「か、かわっ……！」

この人だけは、何があろうとも絶対に幸せにしてみせる……と。

✦幕間✦　お姉ちゃんとの思い出①

幼い頃の俺は毎日のように、自らの境遇を呪い……泣きじゃくっていた。

しかしそれでも懸命に生きて来られたのは、大好きな姉のおかげだろう。

「グレイ、また泣いていやがりますのね。本当にしょうがねぇ弟ですこと」

俺が泣いていると、姉さんはいつも慰めてくれた。

腹を空かせている時も、父親に殴られた時も……言い方は少しぶっきらぼうだったけど。

「お姉ちゃん……なんで変な喋《しゃべ》り方をしているの？」

「そんなことも分からねぇとは、まだまだお子様ですわね。私はいつか、貴族か王族に見初められて玉の輿《こし》に乗るんですの。だから今の内に、高貴な喋り方を覚えちまうんですのよ」

この世の掃き溜めみたいなスラムで暮らしながらも、姉さんはいつだって前向きだった。

死んだ母さん譲りの美しい顔立ちを持ち、常に自信満々な言動の姉さんは……やると言ったら、本気でやり遂げるであろう【凄《すご》み】があったのだ。

「そうすれば、こんなクソみてぇな生活ともおさらばして、幸せになれちめぇますの」

「……ボクもそうなれる？」

「うーん？　アンタの顔はどう見ても普通ですから、玉の輿は難しそうですわね。だからアン夕は分相応に、どこかの貴族に仕えられるようになっちまいなさい」

「貴族に仕えるって、どうすればなれるの？」

「そうね。誰よりも強くなって騎士になるとか、貴族令嬢に気に入られて使用人になるとかいいんじゃねぇんですの？」

「騎士……？　ボク、騎士になれるかな？」

「それはアンタの努力次第ですわ。私みたいに、日頃から努力しねぇといけないのよ」

当時の俺にとって、騎士というのは空想の中にだけ存在するもの。

そんな憧れの存在になれるのなら、俺はどんな努力だって惜しまないつもりだった。

「それじゃあこれから毎日、アタシがアンタを鍛えてあげますわよ。騎士になるために必要な特訓や、貴族令嬢に好かれて気に入られる方法を叩き込んでやるんですの」

「ほんと？　ありがとう、お姉ちゃん！　大好きっ！」

「ふ、ふん！　泣き虫の弟なんかに褒められても、ちっとも嬉しくねぇんですわ！」

こうして俺は姉さんから、厳しい特訓を受けるようになっていく。

今思うと、色々ツッコミどころのある内容だったのだけど……

「それじゃあまずは、女心を知る特訓ですわね！　とにかく女性には嘘《うそ》を吐かず、まっすぐな気持ちをぶつけること！　そして爽やかな笑顔を忘れない……これが大事なんですの！」

今の俺があるのは間違いなく、姉さんの教育の賜物なんだ。

第二章　お嬢様と俺のありふれた一日

アリシア様の専属使用人となった俺の朝は早い。

まず、日の出と共に起床。

歯を磨き、顔を洗い、寝癖を直してから使用人の正装へと着替える。

食堂に寄って軽い朝食を済ませてから、そのままアリシア様の自室へと向かう。

「……そろそろかな」

胸元から懐中時計を取り出して時間を確認し、予定時刻になったところでノックを三回。

しばらく待って、返答が無い場合は扉を開く。

「失礼致します」

アリシア様の自室は【氷結令嬢】のイメージとは裏腹に、とてもファンシーで可愛らしい内装となっている。

至るところに愛らしいぬいぐるみが置かれているし、ベッドにもお気に入りのクマのぬいぐるみが常にスタンバイしているほどだ。

名前は確か……ゲベゲベとか言ったか。

「アリシア様、朝でございます」

そのゲベゲベを胸に抱きしめるように丸まりながら、寝息を立てているアリシア様。

ピンク色のネグリジェ姿は俺の中の男を刺激するが、それを鋼の忠誠心で抑え込む。

「起きてください。アリシア様」

「んぅ……うーっ」

俺が肩を摑《つか》んで揺すると、アリシア様は嫌がるように寝返りを打つ。

その際、さらに強く抱きしめられたゲベゲベがぎゅーっと絞られて、今にも中身が飛び出してしまいそうな程に潰《つぶ》されていく。

『(ボクヲタスケテ……ボクヲタスケテ……ボ……ス……ケテ……)』

ゲベゲベの瞳がそんな風に訴えているように見えたが、気のせいだろう。

「アリシア様！」

「っ!?」

アリシア様が一向に起きる気配を見せないので、俺は両手をパァンと叩いて鳴らす。

すると驚いたアリシア様が跳ねるように上半身を起こしてきた。

「……う?」

「おはようございます」

「あっ……グレイ」

未《いま》だ寝ぼけているのか、ボーッとした表情でこちらを見るアリシア様。

そして彼女は両手を左右に広げ、俺に甘えるように訴えてくる。

「えへへぇ……抱っこ」

「……ご自分で起きてください」

「やっ！」

「はい……」

意識が完全に覚醒するまでの間、寝起きのアリシア様はこのように甘えん坊モードとなる。

俺は仕方なく、両脇に手を差し込むようにして彼女を抱き上げた。

子供相手ならともかく、体はすでに大人……それも巨乳のアリシア様を抱え上げようとすると、手が胸に当たってしまう。

「わぁ～！」

無邪気に喜ぶアリシア様には悪いが、これだけは本当に勘弁願いたい。

その内、厳しく言ってやめさせないといけないな。

「では、こちらへ」

抱え上げたアリシア様を、ドレッサー前の椅子《いす》へと下ろす。

続けて、引き出しから櫛《くし》を取り出し……今度は髪の手入れを開始する。

「ふんふ～ん♪」

寝起きでわずかに跳ねている金髪に櫛が入るたび、アリシア様は嬉しそうに微笑《ほほえ》む。

その喜ぶ姿が反則的に可愛いので、手入れする手にも熱が籠《こ》もる。

「んくっ、んふふふっ……」

耳元に近い箇所に触れると、アリシア様は俺の手にスリスリと頬擦《ほおず》りをしてきた。

まるで猫みたいだ……と思った瞬間。

「……う？　え？　あっ……！」

ようやく意識がハッキリしてきたのだろう。

鏡越しに見えるアリシア様の瞳が、どんどん大きく見開かれていく。

「グ、グレイ……？」

みるみると、アリシア様の顔が赤く染まり始める。

俺がアリシア様の専属になってから早くも一週間。

ほとんど毎日のことなのに、いつまで経ってもこの瞬間には慣れないらしい。

「……おはよう」

「ええ、おはようございます」

「昨晩は夜更かしをしてしまったの。おかげで目覚めるのが少し遅れてしまったわ」

取り繕うようにキリッとした表情、冷たい声色で言い訳を始めるアリシア様。

そのギャップに吹き出しそうになりつつ、役目を終えた櫛を引き出しに戻す。

「それでは、続けて朝食の方へ……」

「待って。貴方《あなた》、何か忘れているんじゃない？」

「え？」

不満げに頬《ほお》を膨らませたアリシア様が俺の手を摑《つか》む。

そしてそのまま、摑んだ俺の手をゆっくりと……自分の頭の上へと運んだ。

「……ワ、ワタクシは別にしてもらわなくても構わないのだけれど。貴方がどうしてもと言うなら、その……頭を撫《な》でる許可をあげなくもないわよ」

妙に早口で、アリシア様がそう言う。

これもまた、ほぼ毎日のように繰り返されるやり取りだ。

「はい。どうしてもアリシア様の頭を撫でたいです」

母親を亡くしてから、誰にも甘えられなかったアリシア様は人の温もりに飢えている。

だからこうして、頭を撫でてあげると……とても喜んでくださるのだ。

「ふん。下等な平民の分際で、どれだけ身の程知らずなのかしら？　いいわ、貴方には過ぎたご褒美だけれど、そこまで言うの……くふぅ♪」

もはや恒例となりつつある詠唱の儀式（という名の可愛らしい言い訳）を遮り、俺が頭を撫で始めると……アリシア様は目を細め、うっとりとした表情で息を漏らす。

この行為を行うだけで、アリシア様の一日の機嫌は大きく変わる。

初めての時は理由を付けて遠慮したのだが、その日はずっと不機嫌な状態で……それはもう大変な目に遭ったものだ。

「はぁー……嘆かわしいわね。主人の頭を撫でたがる使用人なんて前代未聞よ。これからはもっともっと常に一緒に過ごして、貴方に使用人としての心構えを教えないと」

ものすごい早口で喋《しゃべ》りますね。と内心でツッコミつつ、俺はアリシア様の頭から手を離す。

早く終わらさないと、用意された朝食が冷めてしまうからな。

「名残惜しいですが、ここまでにしておきます。さぁ、食堂へ行きましょう」

「……そうね」

そして再び、アリシア様は冷徹の仮面を浮かべる。

俺に見せてくれるような表情や仕草を、他の使用人たちの前でも見せれば……みんなあっという間にアリシア様を大好きになると思うんだけどなぁ。

◇

「……」

アリシア様が朝食を取られている間、俺はすぐ後方に控えている。

基本的にはコーヒーのおかわりを注ぐくらいの仕事しかないのだが、ほんのたまに【通訳係】としての役目を果たす必要がある。

そう、たとえば……こんな時。

「あら？　あそこにある花瓶。昨日までは綺麗《きれい》なバラが活《い》けてあったと思うのだけれど……今日は違う花のようね」

アリシア様がふと、視界の端に映った花瓶に注目する。

それと同時に、壁際で控えていたメイドの一人がビクッと体を震わせた。

「お、恐れながらお嬢様。実はその……先日、田舎《いなか》の両親から花が届きまして。良かれと思って、食堂に飾らせて頂きました……」

今にも消え入りそうな声で事情を説明する黒髪ショートヘアのメイド。

たしか彼女は……以前アリシア様の陰口で盛り上がっているところをマヤさんに見つかり、解雇されたメイドたち（壺《つぼ》事件の連中）の代わりに入った新人だ。

田舎から奉公のために上京してきたそうで、年齢はまだ十四歳。『あの幼い容姿と、純朴《じゅんぼく》な容姿が堪《たま》らないぜぇぇぇっ！』と……モリーさんから力説されたのを覚えている。

名前はメイさん、だったかな？

「ふーん？　あんな花、今まで一度も見たことが無いわ。貴方《あなた》、一体どこの出身なの？」

「も、申し訳ございませんっ！　私の地元では有名な花なのですが、お嬢様のように高貴な方にはお目汚しですよね……！」

すっかり涙目になったメイさんが、花瓶を片付けようとして駆け出す。

どうやら、アリシア様が怒っていると勘違いしたようだ。

「あっ」

それを見たアリシア様が、一瞬だけ困惑したような表情を見せる。

こういう時こそ俺の出番というわけだ。

「ちょっと待ったメイさん。その花は片付けないで」

「え？」

俺が呼び止めると、泣いていたメイさんは驚いた顔で俺を見る。

「アリシア様はこう言いたかったんだよ。『あんなにも綺麗な花なのに、ワタクシは一度も見たことが無いわ。貴方の地元にしか咲かない花なのかしら？』……と」

「ええっ……？」

そんな馬鹿な、とでも言いたげにアリシア様を見るメイちゃん。

アリシア様はそれを受けて、首を左右に振る。

「そ、そこまでは思っていないわ。ただ、貴族として……名前を知らない花があることが許せないだけよ。勘違いしないでもらえるかしら？」

「要するにアリシア様は、気に入った花の名前が知りたかっただけなんだ」

「グ、グレイ……！」

羞恥《しゅうち》で顔を真っ赤にし、頬《ほお》を膨らませながらプルプルと震えているアリシア様。

そんな彼女の真意をメイさんに伝えると、彼女は懐疑的な表情から一転。

心底嬉しそうな笑みを浮かべて、その口を開いた。

「はいっ！　お嬢様、この花の名前はですね……！」

最初はアリシア様を怖がっていたメイさんも、この一件で認識を改めたらしい。

二人はしばらくの間、互いに好きな花について談笑を続けていた。

これで新たに、アリシア様に好意的な使用人が増えたと喜んだのも束の間。

事件は、食事を終えたアリシア様が食堂を後にしようした際に起きた。

「あ、あの！　グレイさん！　さっきはありがとうございました！」

去り際の俺に向かって、お礼の言葉を口にするメイさん。

律儀《りちぎ》な子だなと思いつつ、俺は彼女に向き直る。

「ははっ、お礼を言われるようなことじゃないよ」

「いえ、本当に嬉しかったんです。私、一人ぼっちで王都にやってきて……周りの先輩たちにもあまり馴染《なじ》めていなくて。田舎《いなか》に帰りたいって、ずっと心細くて」

潤んだ瞳で俺を見上げながら、メイさんはポツリポツリと自らの境遇を話す。

「ですが、グレイさんはさっき……田舎にいる本物のお兄ちゃんみたいに私を守ってくれました。だから、あの……グレイさんがよろしければ、なんですけど……」

「うん？」

「時々でいいので、話し相手になってくださいませんか？」

もじもじもじ。そわそわそわ。

両手の人差し指を胸の前で擦り合わせながら、上目遣いでお願いしてくるメイさん。

ああ、きっとまだ幼いから……田舎に残してきた家族が恋しいのだろう。

「勿論《もちろん》だよ。これからよろしくね、メイさん」

「むぅ、グレイさん。私は年下で後輩なんですから、メイって呼び捨てにしてください」

「そう？　じゃあ……」

本人がそれを希望するなら、それでもいいか。

そう思った俺は、彼女の申し出を快諾しようとしたのだが。

「ふぅーん？　そういうこと、言っちゃう子なのねぇ」

「ひっ！」

背後から聞こえてきたのは、心まで凍《い》てつかせるように冷たい声。

怖い。とても怖い。

上手《うま》く言えないが、今ここで迂闊《うかつ》に振り返ったら……俺はきっと後悔するだろう。

「あ、あの。流石《さすが》に職場の同僚なわけだし……あまり、ね。周りにも示しが付かないというか、なんというか……」

恐怖でかすれた声で、俺はなんとかメイさんをたしなめようとする。

しかし、当のメイさんはアリシア様の放つ殺気に気付いていないのか。

「分かりました！　じゃあ二人きりの時にだけでも、お願いしますね！」

「はい……？」

「えへへへっ！　それじゃあ、グレイさん！　私、仕事に戻りますね！」

キラキラの笑顔を浮かべ、手を振りながら走り去っていくメイさん。

ま、待ってくれないか。ちゃんと誤解を解かないと……

「グレイ……少し、大事な話があるのだけれど」

トンッと、俺の肩に置かれる手。

「ずいぶんと仲がいいのね？　あの子とはどういう関係なの？」

「どういうって、言われましても。さっき初めて話したばかりで……」

「嘘《うそ》よ！　親しげに話している上に、おそろいの黒髪！　何かあるに決まっているわ！」

「ええっ!?　他の使用人にも黒髪の人はいますけど……!?」

「言い訳しないで！　何よ……何よぉ」

じんわりと目尻に涙を溜めて、わなわなと唇を震わせるアリシア様。

こうなった以上、もはや弁明など無意味。俺にできるのは……心からの謝罪しかない。

「も、申し訳ございませんでした……」

「………駄目よ。許してあげないんだから」

結局、その後はしばらくアリシア様からのお説教タイム。

最終的に毎朝のナデナデを二倍にするという条件と引き換えに、解放されたのであった。

◇

朝食を終えた後のアリシア様は自由にお過ごしになる。

俺が専属使用人になる前は、ブラブラと中庭を散歩するか、部屋に籠《こ》もっているかのどちらかだったのだが……

ここ最近はよく、屋敷内にある図書室で本を読んで過ごす機会が多くなっている。

「……」

椅子《いす》に腰掛けて、今日も読書をなさっているアリシア様。

使用人である俺は本来、その背後に立って控えているべきだが……アリシア様が『折角だから、貴方《あなた》も本を読んでみたら？』とおっしゃってくださったのでお言葉に甘えている。

学校もろくに通っていない俺だが、姉さんから文字の読み書きは教わっていたので、どうにか本を読むことはできた。

初めての読書はとっても面白くて、俺はいつも本の世界に夢中になってしまう。

だからこそ、今日も気付けなかったのだろう。

向かい側でアリシア様が読んでいる本が【鈍感な使用人と高貴なる公爵令嬢のワタクシがラブラブになってあまぁい日々を過ごすだけのお話】というタイトルであること。

「へぇ、こんな方法があったなんて……今度試してみないとね」

そんな本を読みながら、アリシア様が不穏な言葉を口にしていることに。

◇

読書の時間も終えて、王都中に正午を知らせる鐘の音が鳴り響く頃。

「ふぅ……ご馳走《ちそう》様」

昼食の時間を迎えたアリシア様は、朝と同じように食事を終える。

そこからがアリシア様の一日、その本格的な始まりだ。

「アリシア様、昼食の後にはピアノのレッスンがございます。それが終わり次第、勉学のお時間を挟んで……最後はダンスのお稽古《けいこ》となっております」

「分かっているわ。その間、グレイはゆっくり休んでいなさい」

「ありがとうございます」

毎日のように繰り返される、アリシアお嬢様の習い事の時間。

最初の頃は俺も同行していたのだが、俺がいると気が散るというアリシア様の言葉で（多分、俺に休憩の時間を与えるため）、ここからはしばし別行動となる。

「では、行ってくるわ」

「今日も頑張ってくださいね」

食堂を出ていくアリシア様を、俺は手を振りながら見送る。

すると、その少し後に入れ違いでモリーさんが食堂へと入ってきた。

「おっ、グレイ。お前も今から休憩か？」

「ええ。一緒に食事でもどうです？」

「おうよ。色々と話を聞かせてくれ」

アリシア様の食事が終わったら、使用人たちの食事が用意される。俺とモリーさんは厨房に行って昼食を受け取ると、そのまま使用人用のテーブルへ移動して腰を下ろした。

「しかし、一途な想いっていうのは通じるもんだなぁ。まさかお前がアリシアお嬢様に気に入られちまうなんて」

「一途って、別にそういうのじゃないですけど」

「ははは！　マヤさんの監視があるから、そこは隠さないといけないもんな」

モリーさんは昼食の肉を頰《ほお》張りながら、面白そうに笑う。

どうやらアリシア様が使用人に目をかけるようなことは今までに一度も無かったようで。

今や屋敷中の使用人たちが、俺とアリシア様を好奇の目で見ているのだとか。

「でもよ、グレイ。お前の努力も実って、アリシアお嬢様を悪く言う使用人たちも減ってきているみたいだぜ」

「だとしたら嬉しいですね。アリシア様って、すっごく可愛らしい方なので」

彼女の本来の姿がどんどん広まっていけば……嫌われるどころか、誰からも愛される存在になるのは間違いない。それはそれで少し寂しくもあるのだが。

「ベタ惚れだねぇ。ま、確かに俺も最初はあの美貌に心を奪われたもんだが……」

ちぎったパンを口に運びながら、遠い目をするモリーさん。

そのアンニュイな表情だけ切り取れば、モテる男に見えなくもない。

「フッ、今の俺はメイちゃん一筋さ。何があろうとも、彼女が俺の推しなんだ」

「いや、それは流石《さすが》にちょっと引きますよ」

相手はまだ年端も行かない少女なのに、と俺が思っていると。

「あっ！　グレイさんっ！　今からお食事ですか？」

噂《うわさ》をするとなんとやら。メイさんが笑顔で手を振りながらこちらへやってくる。

「や、やぁ……メイさん」

「むぅっ！　私のことはメイって呼び捨てにしてください！」

右頰《ほお》を膨らませ、俺をジト目で睨《にら》んでくるメイさん。

愛らしい彼女に睨まれても怖くはないのだが、逆に罪悪感が湧《わ》いてきてしまうな。

「分かったよ、メイ」

「えへへっ！　ありがとうございます！　私、すっごく嬉しいです！」

俺が名前を呼び捨てにすると、メイはニッコリと笑顔の花を咲かせる。

「私、今から食器洗いの当番なので！　終わったら、後でお話をしましょうね！」

「わ、悪いけど、アリシア様に誤解されるようなことはあまり……」

「グレイさんもお仕事、頑張ってくださーい！」

俺の反論を聞く暇もなく、メイは駆け足で厨房の方へと去っていく。

元気が良いのは構わないけど、あの落ち着きの無さはちょっと心配かな……

「……おい」

「うっ……！」

呼びかけられて隣を見ると、ダバダバと涙を流しているモリーさんと目が合う。

「ずいぶんと手が早いじゃねぇかよ？　ええ？　グレイ君よぉ？」

「ご、誤解ですよ！　あの子とは別に、そういう関係じゃありませんし！」

「ケッ、メイちゃんがお前にゾッコンだっていうなら、こっちは新しい恋に生きてやる！」

「新しい恋……ですか？」

ついさっきまでは一筋だとか、何があろうと推しだとか言っていたのに。

「時代はロリじゃねぇ。やっぱり大人の女の魅力……バブみにグッと惹《ひ》かれるわけよ」

「大人の女というと、もしかして……」

「そう、執事長のマヤさんだ。普段から厳しくて性格もキツイけど、そんなクールビューティーが自分だけにデレデレになってくれるところを想像しただけで……堪《たま》らんっ！」

拳をグッと握りしめて力説するモリーさん。

まぁ、たしかにその意見には同意するけど……

「あー……マヤさんのお部屋をピカピカに掃除してぇ。それから『へぇ？　貴方《あなた》のような男でも、たまには役に立つんですね』って冷たい目で見られながら褒められてぇぇえっ……！」

この変態ぶりには流石《さすが》にドン引きだ。

とても本人には聞かせられない……と、俺が思った時だった。

「へぇ？　そんなに私に褒められたいのですか？」

「はいっ！　それはもう……えっ？」

「でしたら、これから一か月の間。貴方の清掃業務を倍の量に増やしておきましょう。一応断っておきますが、私の部屋は清掃しなくて結構です」

背後から聞こえてきた声に振り返ると、そこには真顔のマヤさんが立っていた。

その手には食事用のトレイを持っているので、これから彼女も昼食を取るのだろう。

「モリー君。返事は？」

そんな彼女の態度は怒っているわけでも、不愉快に思っている様子でもない。

感情の色を灯さない無機質な瞳で、ただモリーさんを見下ろしているだけだ。

「か、かしこまりました……です」

「よろしい。それからグレイ君……貴方の食事、ずいぶんと量が少ないようですが」

真っ青な表情を通り越し、もはや真っ白な顔になったモリーさん。

そんな彼から視線を外したマヤさんが、今度は俺の方に話しかけてきた。

「す、すみません。どうしても、以前の生活のクセが抜けなくて……美味《おい》しい料理をいっぱい食べることに抵抗があるんです」

「はぁ……使用人の食事は無料支給なのですから、ちゃんと食べておくように。いざという時に力が出ないようでは困りますよ」

マヤさんはそう言うと、自分のトレイから取った小皿を俺のトレイの上へと置く。

つられて視線を下に落とすと、そこには彩り豊かなフルーツケーキの姿があった。

「これは……？」

「……私が『厳しくて性格がキツイ』だけの女だと思ったら、大間違いです。真面目《まじめ》に働く部下には、ちゃんとご褒美くらい用意してあげますよ」

ボソッと小さな声で呟《つぶや》いたマヤさんは、そのまま離れた席へと向かっていく。

どうやら、モリーさんの発言はほとんど聞かれていたようだ。

「ぢぐじょぉ……！　グレイ、なんでお前ばっかりぃぃぃぃぃぃっ！」

「うぐっ！　苦しいので首を絞めないでくださいっ！」

「うるせぇ！　アリシア様だけじゃ飽き足らず、俺のオアシスにまで手を出しやがって！　そのケーキくらいは俺に食わせろ！」

「嫌ですよ！　これは私が貰《もら》ったんですから！」

結局その後はしばらく、暴走するモリーさんに絡まれる羽目になってしまった。

なんとかケーキを死守できたのは、本当に幸運だったと言えよう。

◇

日が傾き始め、屋敷が赤く染まりつつある黄昏時《たそがれ》。

ピアノ、勉学、ダンス。何時間にもわたる過酷な講義を終えて、ようやく自室に戻ってきたアリシア様はベッドの上へと倒れ込む。

「……ふぅ」

講義の最中は一切の弱音を漏らさず、出された課題を淡々とこなす凛々《りり》しい姿を見せているのだが……それは彼女の虚勢に過ぎない。

「グレイ……こっちに来て」

「はい」

枕に顔を突っ伏したまま、傍《そば》に控える俺を呼ぶアリシア様。

そしてそのまま、かすれるような声で一言。

「褒めなさい」

「アリシア様は努力家ですね」

「もっと」

「こんなにもお美しいだけではなく、習い事も完璧《かんぺき》にこなして。才色兼備とはまさしくアリシア様のために存在するような言葉です」

「……ほんと？」

「はい。自分はアリシア様よりも素敵な女性を知りません」

「そうかしら？　きっと、他にもっと美人で優れた令嬢はいると思うけど」

「そんなことはありませんよ」

「あるわよ。貴方《あなた》だって、そんな子が目の前に現れたら……ワタクシみたいな面倒な女より、そっちを選ぶに決まっているわ」

おかしい。普段のアリシア様なら、もうとっくに機嫌を直している頃だというのに。

かなり疲れているせいか、いつもより褒め言葉の効き目が薄い。

「どうせ、ワタクシなんて……面倒なだけの女よ」

それどころか、ネガティブな感情が表に出てきてしまっているようだ。

でも、そんな彼女のマイナスな言葉にも……真意があると俺は理解している。

「アリシア様。逆にお聞きします」

だからこそ俺はあえて、厳しめな態度でアリシア様に訊《たず》ねる。

「グ、グレイ……？」

優しい慰めの言葉を期待していたのであろうアリシア様は、驚いた顔で俺の方を見る。

そして俺が怒っていると気付き、彼女はビクンと小さく体を震わせた。

「もしも、私よりも顔が整っていて……あらゆる能力に優れた使用人が現れたとしたら。アリシア様は私を解雇して、その者を専属使用人に選ぶのでしょうか？」

「冗談じゃないわ！　貴方はワタクシの運命の……！」

跳ねるようにベッドから飛び起きたアリシア様は、俺の元にすがりついてくる。

それはまるで、悪戯《いたずら》をして叱られた子供のように不安げな表情だった。

「なら、私の答えも分かりきっているでしょう？」

「あっ……」

「私にとって、アリシア様以上の特別なんてありえませんから」

俺の胸元に添えられていたアリシア様の手を握る。

それから、その手の甲に軽く口づけをする。

姉さん曰《いわ》く、仕えているご令嬢に忠誠を示すにはこの方法が一番らしい。

「誰がなんと言おうとも、私の一番は貴方《あなた》です」

「～～～～～～～っ!!」

ボフンッという音と共に、アリシア様の頭から白い煙が吹き出す。

さらに顔も、完熟トマトを思わせるほどに赤く染まっていく。

「アリシア様？　頭から煙が出ていますが、大丈夫ですか？」

「あ、あぅ……わ、わた……ワタクシ、その、はうぅ……」

目がぐるぐる状態。呂律《ろれつ》も回っていないアリシア様。

今日は本当にお疲れのようだし、少し仮眠を取らせてあげた方がいいな。

「失礼しますよ」

「ひゃっ!?」

俺はアリシア様の手を引き、彼女をお姫様抱っこの要領で抱え上げた。

そしてそのまま、彼女を再びベッドの上へと運んでいく。

「グ、グレイ……だ、駄目よ……いくらなんでも、まだ早すぎるわ」

「多少早くてもいいじゃないですか。疲れた後は気持ちよく眠れますよ」

「つ、突かれた後は気持ちいい……ですって？　嘘《うそ》よ、朝に本で読んだけど……初めての時は痛いって書いてあったわ」

「痛い……？」

ああ、確かに昼寝をしすぎると、かえって頭が痛くなる時がある。

それに、夜に眠れなくなっても困るし。

「大丈夫ですよ。私がちゃんと責任を持ちますから（寝すぎないように起こすという意味で）」

「グレイ……そこまで真剣なのね（平民の立場で貴族令嬢を手籠《てご》めにするという意味で）」

「私はいつだって、アリシア様の前では真剣ですよ」

「……くふっ！　ワ、ワタクシも覚悟を決めたわ。さぁ、好きになさい」

「では、失礼します」

ようやく納得してくれたのか、アリシア様が両目を閉じる。

俺はそんな彼女を、優しくベッドの上に寝かせた。

「グレイ……優しくしてね。しばらくは繋《つな》がったままぎゅっとしていたいの……」

そしてアリシア様は仰《あお》向《む》けのまま、抱っこをねだる子供のように両手を広げてきた。

その意図はよく分からないが、俺はとりあえずアリシア様に掛け布団をかぶせる。

「……グレイ？」

「おっと、明るいと嫌ですよね。カーテンは閉めておきます」

「そ、そうね。こんなにも明るいままだと……流石《さすが》に恥ずかしいわ」

恥ずかしい？　いつも俺にはバッチリ寝顔を見られていると思うのだが。

まぁ、乙女《おとめ》心は複雑なのだろう。

「では、アリシア様。これから貴方《あなた》を、めくるめく夢の世界へとご案内しましょう」

「ええ。夢のように素敵なひと時にして……」

俺はベッドの脇にひざまずくと、アリシア様の手を握る。

そして、彼女を夢の世界へ旅立たせるために……

「羊が一匹、羊が二匹、羊が三匹……」

「………」

「羊が四匹……羊が五匹……」

「ず、ずいぶんと変わったプレイね……」

「えっ？　プレイ？　お昼寝には子守唄の方が良かったですか？」

「お昼寝………あっ」

俺はこの時、とんでもないモノを見た。

甘えん坊の子供のような笑顔から、鬼のような形相へと変わる絶世の美女。

そして炎の如《ごと》き紅い瞳が、まるで凍り付くように……蒼い瞳へと変わっていく瞬間を。

◇

『グレイ君！　君は実に馬鹿だね！』

「はい……はい、本当に反省しております」

アリシア様を寝かしつけようとした俺は、なぜか彼女の逆鱗《げきりん》に触れてしまった。

そのせいで今はお説教タイムというわけなのだが、今日は少し妙な事態になっている。

『二人っきりの寝室で、手の甲にキスをするなんて！　それはもう合意なんだよ！』

今、俺を怒鳴りつけているのはアリシア様ではない。

彼女がベッドに置かれていたゲベゲベを自分の顔の前に持ち上げ、その両手をフリフリと動かしながら腹話術で話しているのだ。

『君は女心というものが分かっていないんだ！　ちゃんと反省してね！』

「返す言葉もありません……」

俺は謝罪の言葉を告げて、深く頭を下げる。

正直、ゲベゲベが何を言っているのかはイマイチ理解していないのだが……俺の取った行動がアリシア様に対して、何らかの不手際があったのは間違いないからな。

『ふむふむ。ちゃんと反省しているのなら、アリシアだって許してくれるよ』

「いいえ、許さないわ。ワタクシが勇気を出して覚悟を決めたのに……あんなふざけた真似《まね》をするなんて。一体どういう神経をしているの？」

と、ここでようやくアリシア様がゲベゲベの裏からひょっこりと顔を出してくる。

どうやらゲベゲベと一人二役のまま、会話を続けるつもりらしい。

『アリシア、きっと君のやり方が手ぬるかったんだよ。だからグレイ君は、君のことをそういう目で見ようとしないんだ』

「……そうね。これからはもっと積極的に行動するしかないわ」

そしてアリシア様はこちらに聞こえないよう、ヒソヒソと小声で相談を始める。

それから少しして、二人の話し合いはまとまったのか……アリシア様が顔を出してきた。

「ゲベゲべと協議した結果、今から貴方《あなた》にお仕置きを行うわ」

「お仕置き、でございますか？」

「ええ。グレイ……ベッドに横たわりなさい」

「いぃっ!?　アリシア様のベッドにですか？　それは流石《さすが》に……」

『こらっ！　君はアリシアの言う通りにしないと駄目じゃないか！』

「は、はい……」

これはもう従うしかないと判断した俺は、言われた通りにアリシア様のベッドに横たわる。

使用人の使うモノとは次元の違うふわふわなベッド。それにこうして寝ているだけで、アリシア様の甘い香りが俺の全身を包み込み……幸せな気持ちが溢《あふ》れてくるようだ。

「よいしょ……っと。じゃあ次は右腕を貸しなさい」

アリシア様は反対側からベッドに乗ると、俺の右手を掴《つか》む。そして元々置かれていた枕をベシッと雑に払い除けると、俺の腕を枕代わりにして……ご自身もゴロンと横になった。

「ふーん？　まぁまぁの寝心地ね」

「い、いけません。このようなところをマヤさんに見られでもしたら……」

「そうね。でも、その危機感とスリルが貴方へのちょうどいいお仕置きになるのよ」

クスクスと意地悪な笑みを浮かべ、アリシア様は俺の腕に頬《ほお》ずりをする。

「……んふふふっ。あったかい」

ああ、この人は本当にずるい。

だって、こんなにも可愛い表情を見せられたら……何をされても許すしかないじゃないか。

「うぅっ……今回だけですからね……」

「あら、それは貴方の今後の心がけ次第よ。ゲベゲベもそう思うでしょう？」

腕枕をする前に、枕の傍《そば》に置いたゲベゲベに向かって話しかけるアリシア様。

心を持たないはずの可愛らしいクマのぬいぐるみは、そんな彼女の問いかけに対して……

まるで『そうだよ』と言わんばかりに、コクンと頭を落として頷《うなず》くのだった。

◇

理性を削る、恐ろしいお仕置きが終わりを迎えたのは……屋敷に夜の帳《とばり》が下りた頃。

俺の腕枕によってすっかり機嫌を直したアリシア様は、夕食のために食堂を訪れていた。

「ふわぁ……」

「おやおや、お嬢様が欠伸《あくび》をするとは珍しいですね」

「あら、ワタクシとしたことがはしたない真似《まね》をしてしまったわ」

アリシア様の夕食の時間には必ず、マヤさんが同席する決まりとなっている。

同席と言っても一緒に食事を取るわけではなく、アリシア様の一日の行動を振り返ったり、翌日以降のスケジュールについての連絡を共有したりするだけなのだが。

「普段から気をお引き締めくださいさい。今後万が一、婚約者の前でそのような粗相をすることがあれば、オズリンド家の名誉に……」

「そんな心配は要《い》らないわ。だってワタクシは一生、独り身で過ごすつもりだもの」

「な、なんという……！　お嬢様はオズリンド家のご令嬢として、いずれはお世継ぎをお産み頂かないといけないのですよ。旦那《だんな》様も、それを望んでおられます」

結婚に興味を見せないアリシア様の態度を見て、マヤさんの声に力が籠《こ》もる。

俺も同じくアリシア様の言葉には衝撃を受けたが、その内容はきっと真逆だろう。

「……」

アリシア様が一生独り身で過ごすと聞いて、どこかホッとしている自分がいる。

そんなことを考えるなんて、使用人としては失格だというのに……

「世継ぎ……ワタクシの子供……それって」

そんな俺の葛藤も知らず、アリシア様は俺の方をチラリと横目で見てくる。

どことなく頬《ほお》が赤く、上気しているように見えるのは気のせいだろうか。

「……今は何を言っても無駄なようですね。お嬢様を説得するのは、またの機会にします」

「ふふっ、説得できるといいわね」

鴨《かも》肉のテリーヌをフォークで口に運びながら、ニヤリと口角を上げるアリシア様。

ああ、きっとこの人は……自分が説得されるなんて微塵《みじん》も考えてはいない。

その溢《あふ》れんばかりの自信こそが、アリシア様のアリシア様たる所以《ゆえん》なのかもしれないな。

◇

夕食を終えて、今度はアリシア様のご入浴の時間だ。

アリシア様が入浴している間は暇になる……なんて思っていたら大間違い。

むしろ、ここが一日で一番の正念場かもしれない。

「グレイ」

「駄目です」

オズリンド別邸が誇る大浴場。

その入り口前の廊下で、俺とアリシア様は向かい合っている。

「まだ最後まで言っていないじゃない」

「言わなくても分かります。お背中を流すのはメイドにお任せください」

そう。アリシア様はここ最近、俺を浴場の中へと誘おうとする。

と言っても、別に裸を見せるつもりがあるというわけではなく。

「目隠しをすれば、何も見えないでしょう?」

「お断りします。年頃の男女が一緒の浴場に入る時点で、あってはならないことですから」

「むっ……」

「頬《ほお》を膨らませても駄目です」

「グレイ、いい加減にしなさい。ワタクシの命令が聞けないの?」

「キリッとした顔をしても、駄目なものは駄目です」

「むぅーっ！　えいっ、えいっ！」

「たとえ足を蹴《け》られても許可しま……あいだっ！　い、痛いです！」

スカートを両手でたくし上げ、ゲシゲシと俺の足を蹴ってくるアリシア様。

しかも的確に同じ場所を何度も……！　なんという正確で無慈悲な連撃だ！

「何よ！　ワタクシはただ、髪を洗って欲しいだけなのに！　泡が目に入って、ワタクシが失明したらどうするつもり?」

「泡が目に入ったくらいで失明しませんし、もし不安ならこちらをお使いください」

「……何よ、これ」

　俺はこんな時のために用意しておいた道具を取り出す。

「シャンプーハットです」

「シャンプーハット……？」

「これを頭にかぶると、シャンプーの泡が目に入らなくなるんですよ。遠い島国で開発された優れアイテムで、最近では王都でも流行《はや》りつつあるんだとか」

　そんな説明をしながら、俺はシャンプーハットをアリシア様に手渡す。

　彼女の大好きなクマのキャラクターが描かれた、とても愛らしいデザイン。

　この逸品を探し出すのには、中々に苦労させられたものだ。

「……可愛い」

「今回はこれで我慢してください。不安なら、誰かメイドを呼んで来ますけど」

「……いえ、いいわ。こ、こんな子供じみた物を使っているところを見られたら、一生の笑い者にされかねないもの」

　などと強気で言っているが、アリシア様は受け取ったシャンプーハットをぎゅっと胸の前で抱き締めている。ちゃんとお気に召してくれたらしい。

「では、お一人で入浴を……」

「それとこれは別よ。貴方《あなた》にはコレの使い方をワタクシに教える義務があるでしょう？」

「えっ」

いい感じに話題を逸《そ》らせたかと思いきや、流石《さすが》はアリシア様である。

潤んだ瞳で上目遣いしながら、俺の手をぎゅっと掴《つか》んできた。

「お願い……シャンプーの間だけでいいから」

掴んだ手を顔の横へと運び、スリスリと頬《ほお》を擦りつけてくるアリシア様。

さらに一歩前に進み出てきて、その豊満な胸を俺の体に遠慮なく押し付けてきた。

「一緒に……浴場に来て？　もっと貴方《あなた》と一緒にいたいの……だめ？」

世界で最も美しい少女から、こんな風に甘えられて……断れる者がいるのだろうか。

いや、いない。きっと誰もが、アリシア様の可愛さの前に敗北を喫するはずだ。

「……ぐ、ぎぎぎぎぎぃっ」

俺は溢《あふ》れ出る欲望で理性を失わないために、唇の端を思いっきり噛《か》みしめる。

「い、いけません……これだけは、駄目です」

口内に広がる血の味と、ズキズキとした痛みで……なんとか誘惑を振り払った。

するとアリシア様は眉間《みけん》に皺《しわ》を寄せ、不愉快そうにチッと舌を鳴らす。

「……惜しかったわね。でも、その様子だと……ちゃんとワタクシを女として意識し始めたみたいだし。いいわ、今日のところは見逃してあげる」

アリシア様は俺の手をパッと離すと、今度はつま先立ちになって背伸びをする。

そして俺の肩口に自分の顎《あご》を乗せるようにして、ボソッと耳元で囁《ささや》く。

「……貴方になら、ワタクシは全てをさらけ出してもいいと思っているのよ」

「んなっ……!?」

「くふっ、くふふふっ……そんなに赤くなっちゃって。今の貴方、とても可愛いわ」

アリシア様は悪戯《いたずら》っぽく笑うと、俺の胸を指先でツンツンと突いてくる。

「(これはどう考えても脈アリって反応よね！　くふぅーっ！)」

そしてそのまま、どことなく浮かれた足取りで脱衣所の中へと入っていった。

「……お、終わったのか……？」

ここでようやく、俺は緊張の糸が切れたように……その場にへたり込む。

今夜は本当に危ないところだった。

明日までに何か他の対策を練っておかないと、いずれ押し切られてしまいかねない。

「というか、俺が専属使用人になるまでは、一体どうやって入浴していたんだ？」

あの甘えん坊ぶりを、他の使用人たちに見せていたとは考えにくい。

そうなると、自分一人で入浴できていたと考えるのが妥当だろう。

「もしかして全部、俺を浴場に誘い込むためのワガママだったりして……」

仮にそうだとしたら、誘いに乗って一緒に浴場に入った場合。

俺は一体、どんな目に遭わされてしまうんだろうか……？

◇

甘えん坊モードとなったアリシア様に、どうにか一人でご入浴して頂いた後。

俺は悶々《もんもん》とした気持ちを振り払うように、屋敷の裏庭で剣の鍛錬をしていた。

「……ふぅ」

剣の鍛錬は元々、騎士を目指していた頃から続けてきた日課だ。

しかしこの屋敷に来る前と比べると、体が少し鈍っているように感じる。

使用人としての仕事が忙しくて、最近は鍛錬の時間が取れていなかったからなぁ……

「まぁ、凄《すご》いわね」

「えっ？」

不意に背後から呼びかけられ、俺は驚いて振り返る。

するとそこには、パチパチと両手を叩いて鳴らすアリシア様が立っていた。

「あれ？　まだご入浴の最中では？」

「何を言っているの？　もうとっくに上がったわ。十数分前にね」

「あっ……」

そう答えたアリシア様の格好は、すでに就寝用のネグリジェとなっていた。

もはや何度も目にしているアリシア様のネグリジェ姿であるが、薄い生地でボディラインがハッキリと分かるこの格好はやはり恐ろしい。

それに加え、不服そうに両腕を組んでいるせいで、胸の谷間がいつもより寄せ上げられているし……風呂上がりでしっとりと濡れている髪も艶っぽさを増している。

今のアリシア様が甘えてきたら、俺の理性は危ないかも……って、そうじゃない！

「し、しまった……！」

溢《あふ》れ出る煩悩を頭から振り払い、俺は自分の犯した失態に後悔する。

どうやら鍛錬に夢中になりすぎて、予定の時間をかなりオーバーしていたらしい。

その間に入浴を終えたアリシア様が、俺を探してここまで来たのだろう。

「申し訳ございません」

「別に。この程度で怒るほど、ワタクシの器は小さくないわ。ええ、お風呂上がりに貴方《あなた》が待っていてくれなかったことなんて、これっぽっちも気にしてないんだから」

と言いつつ、アリシア様の顔は不機嫌そのもの。

ああ、俺はなんて迂闊《うかつ》なんだ……

「ところで、これは何をしているの？」

「あっ、えっと。これは騎士を目指していた頃の日課みたいなもので。可能な限り毎日続けるようにと、生き別れた姉から……」

アリシア様に対する邪《よこしま》な気持ちを発散するための運動です、なんて答えるわけにもいかず。

俺は真実を巧みに隠しながら、自分の過去に関する話を口にした。

「騎士を目指していた、ですって？」

「そういえば、まだお話ししていませんでしたね。私は元々、騎士学校に入るつもりだったんですよ。だけど、頑張って貯《た》めてきた入学金を……父に使い込まれてしまって」

「あっ……それで、この屋敷で働くことになったのね」

聡明なアリシア様はすぐに俺の事情を察したらしく、気まずそうに視線を落とす。

「でも今はこれで良かったと思っています。だって騎士学校に入っていたら、こうしてアリシア様に出会えませんでしたし」

「……っ」

「騎士にはなれませんでしたけど、命を懸けて貴方をお守りするつもりですよ」

照れくさくて、ちょっと半笑い気味に言葉を紡《つむ》ぐ。

するとアリシア様は、ポーッと呆けたような表情のまま固まってしまう。

「……アリシア様？」

「しゅきしゅきしゅきしゅきぃ……ちゅちゅちゅちゅちゅちゅっー」

「えええええっ⁉　アリシア様っ⁉」

「ハッ⁉　ワタクシ、今何を……？」

「とても人間のモノとは思えない声が出ていましたよ」

「そ、そう。少しのぼせてしまったせいかしら……たまげたわね」

小刻みに震えながら、呪文めいた言葉を高速で呟《つぶや》く。

そんな異様な光景に少し引いてしまいそうになった。

まぁそれでもアリシア様は最高に可愛らしいんだけど。

「とにかく、貴方《あなた》の事情は分かったわ。過去には辛《つら》い日々もあったでしょうけど、これからはワタクシの専属使用人として……頑張りなさい」

「ええ、勿論《もちろん》です！」

「そしていつかはワタクシのことを……ね。だって貴方は、ワタクシの運命の……」

アリシア様が何か呟きながら、俺の頬《ほお》に触れようとして手を伸ばしてくる。

しかし俺は、それをスッと後ろに下がって避けた。

「え……？」

「駄目ですよ、アリシア様。私は今、体中に汗をかいていますから。お風呂上がりのお嬢様に触れられるわけにはいきません」

俺に拒絶されたと思ったのか、アリシア様はしばらく呆然《ぼうぜん》と立ち尽くしていた。

だが、みるみる内にその顔は真っ赤に染まっていき。

「ハッ、ハァッ？　何を勘違いしているのよ！　ワタクシが貴方に触れようとしたなんて、思い上がりも甚《はなは》だしいわね！」

それはもう凄《すさ》まじい剣幕で、俺を怒鳴りつけるアリシア様。

俺はその勢いに押され、何も言えずに目を丸くするばかりだ。

「バッカじゃないの！　貴方に言われなくても、そんなにも汗臭い……オスのフェロモンをプンプンさせている美味《おい》しそうな体に触ろうなんて思わないわ！　首筋に吸い付いてちゅーちゅーぺろぺろしたいなんて、まるで考えもしないわよ！　恥を知りなさい、恥をっ！」

「も、申し訳ありません！　出過ぎた真似《まね》をしてしまいました！」

「もういいわ！　罰として今夜は、ワタクシ一人で寝るんだから！」

アリシア様は一気にそう叫ぶと、踵《きびす》を返して屋敷の方へと去っていった。

あの様子だと、追いかけて謝っても逆効果になりそうだ。

女性が本気で怒っている時は、落ち着くまではそっとしておくのが無難だと……前に姉さんから教わったし。

「だけど、今回はいくらなんでも……無神経過ぎたかな」

汗なんて、自分の気持ちを誤魔化《ごまか》すための言い訳でしかない。

本当は……あの伸ばされた手を握りたかった。

「アリシア様……申し訳ございません」

だけど、そんな気持ちは心の奥底に沈めておかなければならない。

彼女は高貴なる令嬢で、俺はただの平民。

あくまでも主人と使用人という関係。それ以上でも、それ以下でもない。

そんな俺たちの関係が進展することなど、絶対にあってはならないのだから。

◇

お風呂上がりで火照った体は、夜風で冷ましたはずだった。

それなのに、月明かりの下で汗を流す彼を見た瞬間……私の全身はみるみる熱を帯びて、胸がドキドキして苦しくなっていった。

我慢できずに声をかけたせいで、彼に辛《つら》い過去を話させてしまったのは失敗だった。

だけどグレイがワタクシに出会えて良かったと、これから命を懸けて守ってくれると言ってくれて……とっても嬉しかった。

好きって気持ちで頭がいっぱいになって、とにかく大好きなグレイに触れたくて。

無意識の内に、彼へと手を伸ばしてしまっていた。

「そこまでは良かったのに……でも、でもぉ」

自室のベッドの上。ワタクシは抱きしめているゲベゲベに向かって、泣き言を漏らす。

「なによぉ、グレイったらばかばかぁ！　ゲベゲベ、貴方《あなた》も酷《ひど》いと思うでしょう？」

じんわりと、視界が滲《にじ》んでいくのが分かる。

まだ涙は溢《あふ》れない。でも、心の中ではすでに大洪水だわ。

『うーん、そっかぁ。それでつい、ツンツンな態度を取っちゃったんだね』

「……だってグレイったら、ちっともワタクシの想いに気付いてくれないんだもの」

自分が素直じゃない人間であることは、とっくに自覚している。

でも、そんな面倒な自分の気持ちにグレイは気付いてくれる。

グレイだけはワタクシの心を理解してくれているのだと……思っていたのに。

『ううん、そんなことはないよ。きっとグレイ君は、自分の立場があるから……』

「立場……そうね。彼は平民で、ワタクシは貴族ですもの」

ぎゅうっと、ゲベゲベを抱く腕に力が籠《こ》もってしまう。

心の中では分かっている。ワタクシの気持ちが、グレイの重荷になっているのだと。

「……ねぇ、ゲベゲベ。ワタクシはどうすればいいの？」

どれほど想っていても、愛していても。

身分の違いという大きな障害が、ワタクシとグレイの前に立ち塞《ふさ》がる。

「好きなの……愛しているの。ずっとずっと彼と一緒にいたい。それだけなのに……」

グレイがいてくれるのなら、もう他には何も要《い》らない。

屋敷も、使用人も、美術品も、豪勢な食事も……貴族の地位でさえも、彼には及ばない。

『……大丈夫だよ。二人は運命で結ばれているんだから、いつか絶対に上手《うま》くいくさ』

「運命……？　ええ、そうよね。だってグレイは……ワタクシの運命の人なんだもの」

『今夜はもうおやすみ、アリシア』

「うん。おやすみなさい……ゲベゲベ」

ゲベゲベの言葉に従い、ワタクシは枕に顔を埋めて目を閉じた。

ああ、お願いよ神様。

せめて夢の中だけでも、大好きなあの人――

グレイの前では、素直で可愛らしい女の子でいられますように。

✦幕間✦　お姉ちゃんとの思い出②

「グレイ、今日はテーブルマナーについて教えてやりますわよ」

苔《こけ》の生えた古い板の上に、食器に見立てた大きな葉っぱと銀食器代わりの木の棒を並べて。

姉さんは俺に、貴族たちの食事作法について教えてくれた。

「ナイフとフォークは外側から。離席する時は皿の上に斜めに置いて、食べ終わったら両方を並べてこんな風に置いちまえばいいんですのよ」

「すごーい！　お姉ちゃん、どうしてこんなことを知ってるの？」

「もう、お馬鹿ですわね。この程度のこと、高貴な私には生まれた時からの常識でしてよ」

なんて、姉さんは得意気に言っていたけれど。

本当はただ、王都にあるレストランを遠巻きに覗《のぞ》き見して得た知識だったんだろうな。

「いつか、貴族と一緒に食事をする時にはマナーを守りやがりなさい。せっかく貴族令嬢に気に入られても、食事の作法で幻滅されたら台無しになっちめぇますの！」

「分かった！　ボク、いつかレストランで美味《おい》しいご飯をお腹《なか》いっぱい食べるんだ！」

「はぁ……大事なのは食事じゃなくて、令嬢に気に入られることだっつぅんですのに」

呆《あき》れて溜息を漏らしながらも、俺の頭を撫《な》でる姉さんの顔はどこか楽しそうだったな……

第三章　魔法をかけてあげる

いい陽気の昼下がり。窓から差し込む日差しが暖かくて、ついつい眠たくなる。

そんなことを考えながら屋敷の廊下を歩いていると、突然背後から呼び止められた。

「グレイさん、少しいいですか？」

「ん？　どうかしたの？」

振り返った先に立っていたのは、奉公メイドのメイ。

いつもニコニコと明るい彼女だが、なぜか今日はちょっと表情が硬い。

「あの、正門にお嬢様を訪ねてきたお客様がいらっしゃいまして。屋敷にお通ししても大丈夫ですか？」

「えっ？」

アリシア様を訪ねて来たお客様だって？

この屋敷で働き始めて、そろそろ二か月ちょっとだが……そんな出来事は初めてだ。

「本当に？　一体誰が……？」

「お嬢様のご友人だとおっしゃっていますけど……ただ」

「ただ？」

俺が訊《たず》ね返すと、メイは酷《ひど》く気まずそうに俯《うつむ》く。

そして、ほんの少しの沈黙の後。ようやく意を決したように口を開いた。

「すっごくムカつく感じなんです！　あぁ、言っちゃったぁ……」

「はい？」

「態度とか、口調とか、なんかもう……ムカムカして！　だから、お嬢様に会わせたくないなって……うぅっ、私ってばなんて駄目なメイドなんでしょうか」

「ああ、なるほど。事情は分かったよ」

しかし、そういう態度を取る相手となると、間違いなく貴族の方だ。

黙って追い返すわけにもいかないし、とりあえずアリシア様に伝えに行くか。

「それで？　その人の名前は……？」

「は、はいっ！　えっと、リムリス・カルネルラ様とか言っていました」

「え？」

リムリス様って……もしかして、あの時の？

◇

「ちょっとぉ！　人をいつまで待たせるつもりなのよぉ！」

アリシア様を訪ね、応接室へと通された来訪者……リムリス様。

彼女はかつて、舞踏会にてアリシア様とひと悶着《もんちゃく》を起こした相手である。その前からアリシア様との仲は険悪だったようだし、俺の見た感じはとてもご友人だとは……

「……グレイ、今すぐこの女を追い出して。二度と顔も見たくないわ」

俺が応接室にお連れしたアリシア様はリムリス様の顔を見るなり……心底気分が悪そうな態度で、吐き捨てるように呟《つぶや》いた。

「んなっ!? 待ちなさいよぉ！ 人がわざわざ会いに来てあげたっていうのにぃ！」

当然、リムリス様はその言葉に怒りを覚える。

バンッとテーブルを叩き、おもむろに立ち上がった。

「誰がいつ、会いに来て欲しいって言ったの？ 貴方《あなた》に用なんてないわ」

「ふぐっ！ と、友達に会うのに、用が必要なわけぇ？」

「友達……？ 誰と誰が？」

嫌悪でもなく、怒りでもなく。

ただひたすら本当に意味が理解できない。

そんな態度でアリシア様が小首を傾《かし》げる。

「え？ だってアタシと貴方は同じ学院に通うクラスメイトでぇ……」

「だから？ 正直に言って、どうでもいいわね」

「…………ど、どうでも？」

アリシア様の返答を受けて、リムリス様は顎《あご》が外れたようにあんぐりと口を開く。

その姿はまぁ、ちょっと可哀想《かわいそう》に思えなくもない。

「本気でお困りのご様子ですし、少しくらい話を聞いて差し上げてもよろしいのでは？」

以前、俺が見た彼女はケバケバしい化粧に、ド派手なドレスという格好だった。

しかし今の彼女は化粧もまともにしていないし、服装も地味なものだ。

さらにまじまじと見ると、ところどころ薄汚れているようにも見える。

「そう！　ナイスよぉ、貧乏臭い使用人！　もっとアタシをフォローしなさぁい！」

俺の援護を受けて威勢を取り戻したのか、大声で喚《わめ》き始めるリムリス様。

俺はそんな彼女をスルーしつつ、アリシア様に話しかける。

「もしかすると、何か大変な事態に巻き込まれて――」

「ええ。リムリスは今、とんでもない窮地に陥《おちい》っているのよ」

「はい？」

「だってこの子の家、もうすぐ潰《つぶ》れるんですもの」

「え？　そうなんですか？」

俺が訊《たず》ね返すと、アリシア様は頷《うなず》いた。

「リムリスは子爵令嬢で、ファラは侯爵令嬢なのよ。つまり、この馬鹿は自分よりも立場が上の令嬢を自分の引き立て役として騙《だま》し続けていたの」

貴族の階級って……ええっと、公爵、侯爵、伯爵、子爵、男爵の順番で偉いんだっけ？

公爵令嬢のアリシア様が一番上だとして、続いて侯爵令嬢のファラ様。

さらにその下の下が、子爵令嬢のリムリス様というわけか。

「だ、だってぇ……あのアストワール家の令嬢が、捨てられた子犬みたいに懐《なつ》いてくるのよお？　ちょっとくらい気持ちよくなってもバチは当たらないじゃなぁい……」

「本当に馬鹿ね。子爵令嬢如《ごと》きが調子に乗るから、こうなるのよ」

「他人事みたいに言うんじゃないわよぉっ！　元はと言えば、アンタたちがファラに全部バラしちゃったのが悪いんでしょぉっ！　ちゃんと責任を取る必要があるんだからぁっ！」

「全部、貴方《あなた》の自業自得じゃない」

「ぐっ、ぐぐぐっ……」

理不尽な訴えを正論であっさりと返され、涙目で呻《うめ》くリムリス様。

「今までファラという後ろ盾を利用して、散々好き勝手してきた報いね。これまで貴方がワタクシに投げかけた素敵な言葉の数々……一つ残らず振り返ってあげてもいいのよ？」

「うぇぇぇぇぇぇぇんっ！　今更そんな話を蒸し返さないでよぉぉぉぉぉっ！」

リムリス様は滝のような涙を流しながら、アリシア様の足にしがみつく。

「謝るからぁぁぁぁっ！　今までのこと、全部謝ってあげるって言ってるでしょぉぉぉぉっ！」

もはや恥も外聞も無いらしく、鼻水と涙まみれの顔で懇願。

その割にはプライドがまだ残っているのか、あくまでも上から目線は崩さない。

「どうしますか？」

「……はぁ、しょうがないわね。このまま見捨てるのも寝覚めが悪いし、話くらいは聞いてあげようかしら」

心底うんざりとした表情だが、ここはやはりお優しいアリシア様だ。

なんだかんだで、リムリス様の話を聞いてあげることに決めたようだ。

「話と言っても、どうせファラ絡みでしょうけど」

「ええ！　アンタにはアタシとファラの間を取り持って欲しいのよぉ！」

アリシア様が話を聞いてくれることになった途端、すっかり元の調子に戻ったリムリス様。

この切り替えの早さには俺も呆《あき》れるばかりだ。

「あの件についてはアタシも悪かったと思うわよぉ？　でもね、そもそもファラが……」

「無理。ワタクシにできることは何もないわ。さぁ、お帰りはあちらよ」

まるで羽虫を追い払うような仕草でシッシッと、手を振るアリシア様。

うーん。これも照れ隠しではなく、本気で嫌がっている様子だ。

「い、いくらなんでも断るのが早すぎるわよぉ！」

「そもそも貴方、どういう神経しているわけ？　貴方が今まで、ワタクシにどんな仕打ちをしてきたか……忘れたわけじゃないでしょう？」

「それは……」

「いえ、ワタクシへの陰口や暴言なんてどうでもいいわ。何よりも一番許せないのは……」

アリシア様は震えるリムリス様の胸倉を右手で掴《つか》み、ギリギリと締め上げる。

そして、すっかり怯《おび》えきったリムリス様を……冷たい瞳で見つめていた。

「よくもワタクシのグレイを貧乏臭いと馬鹿にしてくれたわね」

「えっ？　そっちぃっ!?　そんな冴えない平民のどこが……ひぃっ！」

「……そう。そんなに死にたいのね。ワタクシの前で、二度もグレイを侮辱するなんて……」

室内の空気が一変し、温度が急激に下がっていくのが分かる。

それはまるで、吹雪が吹き荒れる真冬の雪山を思わせるほどだ。

「どうどうどう。アリシア様、落ち着いてください」

全身から殺意を迸《ほとばし》らせているアリシア様の背中を、ポンポンと優しく叩く。

ここで止めておかないと、本気で殺してしまいかねないからな。

「だってだって！　この負け犬が貴方《あなた》を馬鹿にしたのよ！」

「う、うぁ……うぅ……」

恐怖のあまり、意識を失いかけているリムリス様をゆさゆさと揺らしながらアリシア様は拗《す》ねたように唇を尖《とが》らせる。

「お気持ちは嬉しいですが、私は気にしていませんよ。自分はむしろ、アリシア様の悪口を言われた方がムカつきます」

「そ、そう……それは、ワタクシの使用人として殊勝な心がけね……くふふ」

俺の返答がお気に召したのか、アリシア様はニヘラと表情を崩して微笑《ほほえ》む。

あー……なんて可愛らしいんだろう。この人の笑顔は本当に犯罪級だ。

「…………ハッ？　ア、アタシってば何を？」

「チッ、幸せな気分が台無しだわ」

アリシア様は意識を取り戻したリムリス様を椅子《いす》の上へと突き飛ばす。

それから不愉快そうに、自分も元の椅子へと腰掛けた。

「二度とグレイの悪口を言わないで。もし、それを破ったら……今度こそ殺すわよ」

「は、はぁいっ！　分かったわぁ！　それはもう十二分にぃ！」

「謝罪」

「そそ、そうよねぇ！　そこのよく見ると凄《すご》く優しそうで格好良い使用人！　さっきは無礼なことを言って申し訳ありませんでしたぁーっ！」

テーブルに額を擦りつけながら、俺への謝罪を声にするリムリス様。

笑ってはいけないと分かっているが、その必死さに思わず吹き出しそうになる。

「ふふっ、大丈夫ですよ。別に怒っていませんので」

「あ、ありがとぉ！　どう、アリシア？　これで……」

「あ？　何をワタクシのグレイに色目を使っているの？　やっぱり殺されたいようね」

「ご、ごべんなじゃぁい……！」

「……アリシア様。リムリス様で遊ぶのはやめてください」

「あら？　貴方《あなた》にはバレバレだったかしら」

俺が使用人になる以前から、リムリス様には相当な煮え湯を飲まされてきたのだろう。

ここぞとばかりに仕返しをするアリシア様はとても楽しそうだ。

「断りたい気持ちはお察ししますが、こんな方でもご学友なわけですし……恩の一つでも売っておけば、将来何かの役に立つかもしれませんよ」

「まぁ、言われてみればそうかもしれないわね」

「お役に立つわぁ！　それはもう、びんっびんに立ちまくりっ！　だからお願いっ！」

「そうねぇ……？」

アリシア様は必死に縋《すが》り付くリムリス様の顎《あご》に手を置き、クイッと顔を上げさせる。

そして、その真紅の瞳で見下ろしながら……口を開く。

「リムリス。貴方の望み通り、ファラとの間を取り持ってあげてもいいわ」

「ほ、本当にいいの？」

「ええ。ただし、一つだけ条件があるの」

「条件？」

「貴方は今後、ワタクシの下僕になりなさい」

「はぁっ!?　そんな条件を飲めるわけがないじゃなぁい！」

怒り心頭の様子で声を荒らげるリムリス様に反し、アリシア様は余裕の笑みを崩さない。

「あら、そう。だったら他の相手を探しなさい。もっとも、性格の悪い貴方に……他に頼れる相手がいればの話だけど」

「ば、馬鹿にしないでぇ！　アタシにはいっぱいお友達が……！」

「へぇ？　そのお友達の中に、侯爵家に意見できるような子がいるといいわね」

「ふぎぃいいいいいいいいいいいいいっ！」

両手で頭を掻《か》き毟《むし》りながら、言葉にならない悲鳴を上げるリムリス様。

ファラ様にマウントを取って悦に入っていたような彼女に、そんなご友人がいないことは百も承知だというのに……アリシア様も意地が悪い真似《まね》をなさる。

「わ、分かったわよぉ！　家を救うためなら、下僕でもなんでもなってあげるわぁ！」

「違うでしょう？　飼い犬がご主人様にする返事は？」

そう言って、アリシア様は右の手のひらをリムリス様の眼前に差し出す。

その意図を理解したらしいリムリス様は、苦悶の表情を浮かべたが……この手を払い除けることが命取りであると理解しているのだろう。

プルプルと震えながらも、その手をアリシア様の手の上に乗せた。

「……わんっ！」

「いい子ね。ワタクシ、あまり犬は好きじゃないんだけど……従順な飼い犬は可愛がるタイプなの。よーく覚えておいて」

「わうっ、わうわうーん！」

もはやヤケクソなのか、涙目で犬の真似《まね》をするリムリス様。

自業自得の結果とはいえ、なんて哀れな姿だろうか。

「ふんっ、このくらいやっておけばいい薬になるでしょ」

「ああ、そういう意図もあったんですね。私はてっきり、本当に下僕をお求めなのかと」

「そんなわけないでしょ。ワタクシの下僕は……貴方《あなた》だけで十分ですもの」

チラッと俺の顔を見上げて、アリシア様はニヤリと笑う。

悪い顔までこんなに可愛らしいとか、反則過ぎやしないか……？

「そもそも、こんな負け犬がどうなろうと興味無いわ。ワタクシが手を貸すのは、今回の一件で傷付いたファラが心配だからよ」

「リムリス様と違って、ファラ様は純朴《じゅんぼく》で、性格が良さそうな方でしたもんね」

「……ふぅん？　そんなにあの子の方がいいの？　ねぇ、そうなんでしょう？」

「ご、ご冗談を……」

ほんの一瞬だが、鋭い殺気のようなものを向けられた気がする。

アリシア様の前で他の女性を褒めるのは危険だと、肝に銘じておく必要があるな。

「そ、そういえば！　さっきからリムリス様がやけにおとなしいですね！」

「あら、本当ね。下僕の自覚が芽生えてくれたのかしら」

咄嗟《とっさ》に話を誤魔化《ごまか》そうと、俺は話題をリムリス様に戻す。

そしてアリシア様と二人で、床に這《は》いつくばる彼女に視線を落としてみると……

「う、ぅうっ……どうしてぇ？　こんなに悔しいのにぃ……！　ハァッ、ハァッ……なんだか背筋がゾクゾクしちゃうのぉ……！」

びくんびくんと体を痙攣《けいれん》させながら、恍惚《こうこつ》の顔で悶《もだ》えているメス犬の姿がそこにあった。

「違うわぁ……アタシ、こんなの絶対に認めないいんだからぁ……！」

「うるさい犬ね。気持ち悪いから、もう喋《しゃべ》らないで」

「わうぅ……」

世界一の美女であるアリシア様にぞんざいに扱われ、内に秘めたM心が目覚めたのか。

今のリムリス様はどこからどう見ても、尻尾《しっぽ》を振って主人に媚《こ》びる犬にしか見えない。

「うわぁ……」

そんな彼女を見下ろしながら、ふと思う。

貴族令嬢というのは、どなたもこんな風にクセの強い方々ばかりなのだろうか……と。

◇

リムリス様がお屋敷に襲来し、アリシア様に泣きついてから一週間後。

俺とアリシア様は馬車に乗って、王都の中心にある噴水広場へとやってきていた。

「どうにか、お約束を取り付けられて良かったですね」

「ええ。あの子のことだから、誘っても断られる可能性が高いと思っていたのだけど」

なぜ俺たちが二人きりで、こんな場所にいるのか。

それはこの噴水広場を、ファラ様との待ち合わせ場所に選んだからである。

「よっぽど、貴方《あなた》の考えた手紙の内容が良かったんでしょうね」

アリシア様はムッとした顔でそう呟《つぶや》くと、俺の脇腹を右肘《ひじ》でツンツンと突いてくる。

「いや、あははは……そうでしょうか」

ご友人が一人もいないアリシア様は、今まで手紙の一通も書いた経験が無かった。

それで仕方なく、俺がお誘いの手紙の文面を考えることになったわけだ。

「……ず、ずいぶんと引き締まっているのね。カチカチだわ」

「え？　まぁ、それなりには鍛えていましたから」

肘打ち越しに感じた俺の脇腹の感触に、アリシア様は驚いた顔を見せる。

そしてそのまま彼女は、自分の腹部へとチラリと視線を向けた。

「あっ……」

そういえば最近、アリシア様のお着替えの時（俺は部屋を出ている）に……扉越しに苦悶の吐息が漏れ聞こえてくることがある。

もしかするとアレは、コルセットを締めるのに苦戦するようになったからか？

「その目線は何よ？　ワタクシが太ったとでも言いたいわけ？」

「い、いえっ！　滅相もございません！」

しまった。つられて俺もアリシア様のお腹《なか》を見つめてしまった。

だけど言われてみればたしかに、以前よりもドレスがキツそうに見えるような……

「勘違いしないで。ドレスがキツくなった理由は、胸が成長したからなのよ。むしろウエストはかなり減ったんだから」

「なるほど……」

バストアップしつつ、ウエストだけ減らすのは至難の業のように思えるが。

ここまで言い切るのなら、きっと本当なのだろう……うん。

「その目……まだ疑っているようね。いいわ、後できちんと証明してあげる」

口元を扇子で覆い隠し、鋭い視線で俺を射抜くアリシア様。

これは気まずい……と俺が冷や汗を浮かべていると、広場の前に一台の馬車が停《と》まった。

そしてすぐに馬車の扉が開き、中から一人の貴族令嬢が降りてきた。

「アリシアさん、使用人さん！　こんにちは！」

おさげ髪とそばかすが印象的な貴族令嬢――ファラ様だ。

「こんにちは。あの舞踏会の夜以来ね」

「まさか、アリシアさんが私をお誘いくださるなんて！　それに、あんなにも素敵なお手紙も頂けて……私、感動して何度も読み直してしまいました！」

「ふふっ、大袈裟《おおげさ》ね。私は別に大したことはしていないわ」

ええ、そうでしょうとも。文章の九割は俺が考えましたからね。

昔、姉さんに女性が喜ぶ手紙の書き方を教わっておいて良かった。

「でも、本当にいいんですか？　私なんかを……」

ファラ様はそう呟《つぶや》き、自身無さげに俯《うつむ》く。

それもそのはずだ。なぜなら、今回アリシア様が彼女を呼び出した名目というのは……

「そうやってすぐに落ち込むのは貴方《あなた》の悪いクセよ」

「アリシアさん……」

「大丈夫よ、ファラ。今日はワタクシが貴方に魔法をかけてあげるんだから」

「お、お願いしますっ！　私もアリシアさんみたいに綺麗《きれい》にしてください！」

アリシア様行き付けのお店をファラ様に紹介し、リムリス様によって封じられていた彼女本来の魅力を引き出すことであった。

◇

王都ファルジオンの中心部から、ほんの少し離れた地区。

そこにはアリシア様が贔屓《ひいき》にされている服飾店があるのだが、この店はいつ来ても……異様なまでの緊張感に包まれている。

「いらっしゃいませ！　アリシア様のご来店を従業員一同、心待ちにしておりました」

店の扉を開くなり、女性の従業員たち全員が整列してアリシア様と俺たちを歓迎する。

誰一人として寸分の狂いも見せない動きは実に見事だ。

「……そんなにかしこまらなくても構わないわ。普段通りに接客してちょうだい」

「とんでもございませんっ！　アリシア様は当店にとって特別なお客様ですので！」

「そう、まぁいいわ。それよりも、今月の新作を見せてもらえる？」

「はいっ！　少々お待ちくださいませ！」

実際、王都の中でも隅の方に位置するこのお店の生命線はアリシア様だろう。

彼女が毎月のようにドレスや衣装を購入することで、平民が数年は遊んで暮らせるほどの大金が動くのだから。

「ふわぁ……すっごい。私、こんなにオシャレなお店に来るのは初めてです」

アリシア様の後ろから続いたファラ様は、店内を見渡しながら感嘆の声を漏らす。

華やかなドレスで着飾ったマネキンが幾つも並び、色鮮やかな花々や美しい調度品が飾られた店内はちょっとしたパーティー会場のようにも見える。

俺も最初、アリシア様に連れて来られた時は似たような反応をしたのを覚えている。

「どのドレスも素敵……」

「それはそうよ。この店は昔からワタクシが徹底的に教育してきたんだもの。最初は腕が良いだけの店だったけど……根気強く通った甲斐《かい》もあって、本当に良い店になったわ」

「教育……自分好みにという意味ですか?」

「いいえ、違うわ。常に時代の最先端を調査し、今は何が売れるのか。これからは何が売れるのかを見極め、その流行をいち早く取り入れるという教育よ」

アリシア様はそう説明して、入り口の傍《そば》で飾られているドレスに手を添える。

「客は店のブランドに流されるだけじゃダメ。店自体も、中身を見ない馬鹿な客に甘えて努力を怠ってはいけない。店が客のために苦心して生み出した最高の品だからこそ、ワタクシはそれに見合った金額を支払うの」

一流のデザイナーが、自分の名前ならどんな服を作っても売れるからと……その仕事に手を抜いたり、客を顧みない品を作ったりすることは多いのだとか。

アリシア様はそんな悪習を絶対に許せないタイプというわけだ。

「それができなくなったのなら、ワタクシはこの店を利用しない。それだけの話だわ」

「か、かっこいい……」

「ワタクシが気に入ったデザインなら、たとえ新人が作った衣装だとしても言い値で購入するわ。ファラ、貴方《あなた》も淑女なら……自分自身の審美眼を鍛えなさい」

「はい……アリシアさん」

ファラ様は胸の前で両手を重ね合わせ、恍惚《こうこつ》とした表情でアリシア様を見つめる。

確かに男の俺から見ても、今のアリシア様には憧れたくなってしまいそうだ。

「アリシア様、お待たせしました！　試着の準備が整いましたので……おや、そちらの方は？」

そんな空気の中で声をかけてきたのは、この店の店長だった。

年齢は四十近くだと聞いているが、とてもそうは思えないほどに若々しい女性だ。

「友人のファラよ。彼女にも何着かドレスを見繕う予定よ」

「左様でございましたか！　ファラ様にも当店をお気に召して頂けますように、最高の品をご提供させて頂きます！」

「よ、よろしくお願いします……」

「ふふっ。では採寸から行いましょうか」

「あっ、店長。ワタクシも採寸をお願いするわ。胸が前よりも大きくなって、ウエストが細くなったという事実を……どこかの誰かさんに証明したいのよ」

そう言って、アリシア様がギロリと俺を睨《にら》む。

噴水広場でのやりとりを、まだ根に持っておられるようだ……。

「かしこまりました。では、お二人ともこちらへどうぞ」

にこやかに笑う店長さんに連れられて、店の奥に向かうアリシア様とファラ様。

俺は当然付いていけないので、とりあえず邪魔にならない場所で待機しておく。

「……アレが噂《うわさ》の【氷結令嬢】ですか？」

「そうみたいね。あの方のご機嫌を損ねたら、この店は終わりなんだってさ」

「こわぁ……」

待っていると、店の隅から店員同士のヒソヒソ声が聞こえてくる。

どちらの顔にも見覚えがないので、恐らくは新人なのだろう。

「あっちの地味なご令嬢の方が常連になってくれればいいのに」

「そうなれば嬉しいけどね。でも、店長が言うには……あの【氷結令嬢】のおかげで、あれほどの腕前になれたんだってさ」

「えー？　嘘《うそ》でしょ？　それは店長の元々の才能ですってば」

「私もそう思うわ。ただのリップサービスみたいなものじゃない？」

好き勝手言っている新人店員の二人。

さて、どうしたものか。

アリシア様がいない場所で問題を起こすわけにもいかないが、かといってあんなふざけた態度を見逃すなんてできない。

無駄口を叩いている店員に軽く注意しに行こうとした……その時。

「はーい。グレイ君、ストップ」

背後から現れた女性がトントンと俺の肩を叩く。

振り返った先にいたのは、すっかり俺とも顔馴染《なじ》みになった店員さんだった。

前に話した時に聞いた情報によると、年は二十九歳、得意料理は肉じゃが。

艶やかな髪が特徴的な美人さんだが、話してみると気さくで面白い人だったりする。

少し前に彼氏と別れたので、誰か良い男を紹介して欲しいと頼まれたこともあったな。

「不快にさせてごめんね。でも、君はお客様なんだから、ここは私に任せて……ね？」

そう呟《つぶや》いて店員――この店の古株である主任さんは、例の店員たちの傍《そば》へ歩み寄っていく。

彼女に任せておけば、何も問題は無いだろう。

「貴方《あなた》たち、ちょっと話があるから付いてきて」

「「あっ、はいっ……！」」

主任さんが、二人の店員を従業員専用のスペースへと連れていく。

その最中、主任さんは俺の方にパチンと可愛らしくウィンクを飛ばしてきた。

「……優しくて良い人だよなぁ」

何度も店に足を運べば、彼女のように気心の知れた店員も増えてくる。

なかでも店長さんと主任さんはアリシア様の厳しい指導を耐え抜いてきたという経緯もあってか、アリシア様に対して陰口を叩くような真似《まね》はしない。

むしろ、一種の敬愛のような感情を抱いていると言っても過言では無いと思う。

「グレイ、どこにいるの？　こっちに来なさい！」

「あ、はいっ！」

なんて考えていると、アリシア様からお呼びがかかった。

俺は急いで、彼女の元へと向かう。

「ほら見なさい！　バストは四センチもアップ！　ウエストも三センチ減っているわ！」

俺が到着するなり、得意げな顔でツーサイズの書かれた紙を見せてくるアリシア様。

「……なぜ、紙の下半分がちぎられているのですか？」

「…………」

俺が訊《たず》ねると、アリシア様は目を泳がせて明後日《あさって》の方向へ視線を向けた。

さらにその額にも、じっとりと冷や汗が滲《にじ》んでいる。

「ヒップのサイズも、ちゃんとお教えください」

「ヒップは関係無いわ。大切なのは胸が大きくなって、ウエストが絞られたという事実よ」

「そうはいきませんよ。場合によってはシェフに頼んで、食事メニューの見直しも視野に入れなければなりませんので」

「ぐぅっ……？」

「アリシア様の体調と健康の管理は専属使用人の務めです。さぁ、お教えください」

「…………これ」

「はい。確認致します」

渋々と言った様子で、アリシア様が破り取った紙の残りを差し出してくる。

あー……なるほど。やはりとは思ったが、これはまぁ。

「以前の来店時より、五センチも増えていますね」

「ええ……そうよ。ワタクシのお尻は大きくなったの。デカケツなのよ。笑いたければ笑いなさいよ！　嫌いたければ、嫌いになればいいじゃない……！」

ジワッとアリシア様の瞳に涙が浮かび始める。

そんな彼女に対し、俺は首を左右に振って……その懸念を否定した。

「嫌いになんてなるはずがないでしょう？　ウエストを減らしてバストとヒップを増やすなんて頑張りましたね。実に素晴らしいですよ」

実際、ウエストだけを絞ってくびれを作るのは相当な努力が必要となるはずだ。

その努力に報いるためにも、俺はアリシア様に素直な感想を伝える。

「……ほんと？」

「はい。私は以前にも増して、お嬢様を魅力的に感じております」

「ああ、グレイ……！」

すっかり感極まった様子のアリシア様が、ニヘラと表情を緩める。

ああ、なんて可愛らしいのだろう。こうして間近で眺めているだけで、俺の心はアリシア様への想いで溢《あふ》れかえってしまいそうだ。

「ねぇ、誰も見ていないのなら……手を握って」

「し、しかし……」

「……駄目なの？　ぎゅーって、してほしいの」

うるうるうる。もはや恒例の反則技となりつつある、涙目と上目遣いの連携攻撃。

こんなもの、どうやっても防ぎようがない。

止めようとする脳内の理性を振り切り、俺の右手はアリシア様の手を掴《つか》もうと……

「あっ、アリシアさんっ！　ここにいらっしゃったんですね！」

「っ！」

アリシア様を探しに来たファラ様の声で、俺はハッと我に返る。

あ、危なかった……！

もう少しで、アリシア様の手を握っている場面を目撃されてしまうところだった。

「あらあら、そんなに大きな声を出さなくても聞こえているわよ」

心臓がバックバクで動揺する俺とは違い、アリシア様はすでに元通り。

すっかり余裕の態度で、やってきたファラ様に微笑《ほほえ》みを返している。

なんという変わり身の早さ……！

「こっちの用事はもう終わったわ。次は貴方《あなた》のドレスを選びましょう」

「ありがとうございます！　アリシアさんに選んで頂けるなんて光栄です！」

「大袈裟《おおげさ》な子ね。ワタクシはあくまでも、アドバイスするだけよ」

楽しげに談笑しながら、再び店の奥へと戻っていくお二人。

そう言えば、姉さんがよく言っていたなぁ。

『女の子が自分の一番可愛い部分を見せるのは、本当に大好きな人の前だけなんですの』

もしもその言葉がアリシア様にも当てはまるのなら……いや、いくらなんでもそれは。

「ねえ、グレイ君。一人でニヤニヤしていると、変態っぽく見えちゃうよ？」

「……うっ！」

ひょこっと現れた主任さんが、俺の顔を覗《のぞ》き込みながら意地悪な笑みを浮かべる。

どうやら、使用人としてあるまじき顔をしてしまっていたようだ。

「ほらほら！　鼻の下を伸ばすのなら、可愛い女の子の新衣装を見てからにしましょ！」

そう言って彼女は俺の背中をグイグイと押して、店の奥まで誘導していく。

「地獄の再研修って、一体どんなことをされるの……？」

「ううっ……クビになるよりはマシだと思いたいけど……」

その道中、さっきアリシア様の陰口を叩いていた店員二人組とすれ違う。

真っ青な顔でブツブツと呟《つぶや》く姿を横目に見ながら、彼女たちの今後に幸多からんことを……ほんのちょっとだけ、お祈りしておくのだった。

◇

俺がアリシア様たちと合流したのは、ちょうどファラ様が試着室へと入るタイミングだった。

どうやらアリシア様はすでに、ファラ様に似合うドレスを選び出していたらしい。

「どのようなドレスをお選びになったんですか？」

「ふふっ、そう慌てないの。どうせすぐにお披露目されるんだから」

得意げに笑う様子からして、かなり自信があるようだ。

これは楽しみだ……と思っていると。試着室のカーテンがわずかに開いて、その中からドレスの試着を手助けしていた店長さんが歩み出てくる。

「流石《さすが》はアリシア様でございますね。これほど完璧《かんぺき》なドレスをお選びになるなんて」

店長さんはそう言いながら、ゆっくりとカーテンを開いていく。

そして明らかになったのは……新たなドレスに身を包んだファラ様。

「ど、どうでしょうか……？」

恥ずかしそうに指をモジモジさせながら、ファラ様はその場でくるりと一回転をする。

先程まで着ていた地味な装飾のドレスとは異なり、今のファラ様が着ているのは華やかながらも派手過ぎないデザインのもの。

細やかな刺繡《ししゅう》や可愛らしいフリルが適度にちりばめられた、明るい緑色のドレスは……純《じゅん》朴《ぼく》なイメージを持つファラ様にちょうどいいバランスである。

「よく似合っているわよ。グレイ、貴方《あなた》もそう思うでしょう？」

「ええ。ファラ様、不躾《ぶしつけ》にも見惚《みほ》れてしまった私をお許しください」

「そんな！　わ、私なんて……えへへへ」

照れて両手をパタパタ振りながらも、やはり嬉しいのだろう。

ファラ様の顔はだらしなく緩んでいる。

「……ふぅん？」

「いや、あの……？」

一方でアリシア様の顔が嫉妬で染まり始める。

マズイ。こちらもちゃんと褒めておかないと！

「そ、そういえば！　本日はアリシア様も、新しいドレスを購入なさらないのですか？」

「あら？　何か問題があるのかしら？」

「アリシア様の魅力がこれ以上増してしまわれると、お側に仕えることが辛《つら》くなってしまいます。あまりの美しさに、かえって目の毒でございますから」

「……んふっ、貴方《あなた》は本当にしょうがない使用人ね。あーあ、やだやだ。これだから身の程知らずの平民には困っちゃうわ」

慌てて褒めちぎる俺の言葉（嘘《うそ》ではなく本音）に、気を良くしたらしく。

アリシア様は得意げな表情を浮かべた後、店長にそっと耳打ちする。

「新作は全て購入するわ。それと……例の悩殺ネグリジェもね」

「ありがとうございます。きっと破壊力抜群だと思いますよ」

「「フフフフ……」」

「な、なんだか……背筋に寒気が」

なぜかアリシア様と店長さんがドス黒い瞳で俺を見つめ、不敵な笑みを浮かべている。

よく分からないが、ものすごく身の危険を感じるぞ。

「あ、あの！　じゃあ、私もこのドレスを購入します！」

「それなら、ワタクシの会計と一緒に済ませてちょうだい」

「はい、かしこまりました」

「えっ？　代金なら自分で払いますよ！」

「勘違いしないで。いちいち会計を分けるのも面倒でしょう？　それに、この程度のドレスをプレゼントしたところで……大した金額じゃないもの」

たった一着といえども、その値段は一般人には決して手の届かないような金額だ。

それをこんなにも簡単にプレゼントするとは、なんて太っ腹――

「グレイ」

ではなく、ウエストマイナス三センチ！　スリムでグラマラスなアリシア様は最高です！

「そう、それでいいわ」

なんだかここ最近、心の声がアリシア様に筒抜けになることが多いような気がする。

俺ってば、そんなに顔に出やすいタイプなのかな？

「……とにかくそういうわけだから、おとなしく受け取りなさいよ」

「あの、お気持ちはとっても嬉しいんですけれど……」

いくら貴族とはいえ、これほど高価なものをプレゼントされるのは気が引けるのだろう。

ファラ様が困ったように俺の方をチラリと見てきたので、助け舟を出した。

「あははは、こんな言い方ですと誤解されるのも無理はありませんよね」

「え？　誤解……ですか？」

「ええ。アリシア様は本心だと、こうおっしゃりたいんですよ。『友情の証しに貴方へドレスを贈るわ。貴方に喜んでもらえるのなら、このくらいは安い買い物ね』……と」

「まぁ！」

俺の解説を受けたファラ様は大きく目を見開き、両手で口を覆う。

それから彼女は心底嬉しそうな笑顔を浮かべて、アリシア様の顔を見つめる。

「アリシアさん……そんな風に思ってくれていたんですね」

「くっ……！　グレイ！　余計なことを言わないでちょうだい！」

本心がバレてしまったアリシア様は、顔を赤くしながら俺の肩をぽかぽかと叩いてくる。

「余計ではないと思いますよ。ファラ様もお喜びのようですし」

「はいっ！　とってもとっても！　嬉しいですっ！」

「ふ、ふん……！　もういいわ。この話はここで終わりよ」

素直に喜びはしゃぐファラ様の態度に毒気を抜かれたのか、アリシア様は両手をパンパンと鳴らして話を強引に切り上げる。

「それじゃあ、ドレスも購入したことだし……次は美容院に向かうわよ」

「美容院……ですか？」

「ええ。服装は良くなっても、その微妙な髪型とメイクをどうにかしないとね」

そしてアリシア様は次に、美容院へ向かうことを提案する。

そこもまた、この店と同様にアリシア様が贔屓《ひいき》にしている店だ。

「言ったでしょう？　今日は貴方《あなた》に魔法をかけてあげるって」

アリシア様はファラ様の頬《ほお》に手を添えると、唇を彼女の耳元へと近付ける。

「ワタクシ、中途半端は嫌いなの。やるからには徹底的にやるわよ」

「ひぃんっ……！」

ビクッと、体を大きく跳ねさせるファラ様。

ああ、アリシア様。いきなりそんな真似《まね》をしちゃ駄目ですよ。

「あ、あれ……？　なんだか、胸がドキドキしちゃう……？　私、どうしちゃったの？」

ご自分の意思に関係なく、全ての者を魅了する絶世の美貌と美声。

全く、俺のご主人様は本当に罪深いお方だ。

◇

ドレスの購入を済ませた後に、少しだけ馬車に揺られて場所移動。

到着した美容院の看板には【マリリーのメイク&ヘアサロン】と書かれている。

「おやおや、アリシアちゃん。久しぶりじゃのぅ……」

俺たちが揃《そろ》って入店するなり、この店の主人が出迎えてくれた。

すっかり色が抜けた白髪の頭。くの字に曲がった腰。

木の杖《つえ》を突いて、ぷるぷると震えながら歩く彼女は……すでに百歳を超える老婆である。

「今日は友人も一緒なのだけれど、お願いできるかしら？」

「おお、そうかそうか。初めまして、お嬢さん。儂《わし》の名はマリリーじゃ」

「ど、どうも……ファラと申します」

ピンク一色の屋根と外壁。ぬいぐるみや花がたっぷりの内装。そんなキャピキャピとした雰囲気を持つ店の主人が老婆であったことに、ファラ様は動揺しているようだ。

「ほぅ？　これはまた磨けば光りそうな子じゃのぅ。アリシアちゃん……悪いが今日はこの子にのみ、持てる力の全てを注がせてもらうぞい」

対するマリリーさんの方はというと、ファラ様の顔を見て目の色を変える。

プロの美容師としての血が騒ぎ始めたのだろう。

「ええ、構わないわ。そもそも、ワタクシのメイクとヘアセットは専属の使用人……グレイにしか任せるつもりはないもの」

「へ……？　アリシアさんのメイクは、そこの使用人さんが？」

「そうよ。最初の頃は下手《へた》すぎて、とても部屋から出られない有様だったけどね。今では毎朝、髪型のセットとメイクを任せているの」

「ほっほっほっほっ、儂の店でみっちりと修行した効果が出ておるようじゃな」

マリリーさんはアリシア様の顔をまじまじ確認し、穏やかに頷《うなず》いている。

良かった。前に来店した時は『世界一の美女を台無しにするつもりか！』とこっぴどく怒られたから、実は今日も内心でドキドキしていたのだ。

「グレイちゃんは妙に手慣れておったからのぅ。たったの二か月でこれほどの腕前になれる男の子は、そうそうおらんじゃろうて」

　俺がメイクに手慣れていたのには理由がある。

　幼い頃から姉さんを練習台にして、化粧の特訓をしていたからだ。白粉花《おしろいばな》を潰《つぶ》して作ったファンデーションや、紅い果実を潰して作った口紅を利用した……ただの真似《まね》事だったけど。

「ありがとうございます。ですが、私の力ではまだまだアリシア様の魅力を全て引き出せません。なので、また近いうちにレッスンをお願いします」

「当たり前じゃ。グレイちゃんに儂の技術を全て授けるまでは、死んでも死にきれん。昨晩も死神のお迎えを追い払ったんじゃぞ」

　木の杖《つえ》の先端で俺の足をバシバシと叩きながら、とんでもないことを言うマリリーさん。

　この人の場合、本当に有り得そうでちょっと怖いんだよなぁ。

「使用人さんって……色々と凄《すご》いんですね」

「儂から見れば、まだまだヒヨッコじゃよ。さて、立ち話もなんじゃし……そろそろお嬢ちゃんを別嬪《べっぴん》さんにしてあげようかのぅ」

「あっ、はい……！」

　マリリーさんに誘導されて、鏡台前の椅子《いす》に腰を下ろすファラ様。

その顔にはどことなく『本当にこの人で大丈夫なのか？』という疑念が浮かんでいる。

「さて、それじゃあ……ヤるとするかのぅ」

しかし彼女はまだ知らない。

こんなにも穏やかな性格のマリリーさんが、メイクが絡んだ途端——その外見通り、恐ろしいほどまでに凶悪な人物へと変貌してしまうことに。

◇

「おらおらおらぁぁぁぁっ！　美しく生まれ変わりやがれぇぇぇぇぇっ！　過去の冴えない自分はこの場で死ねよやぁぁぁぁぁっ！」

「あひぃぃぃぃぃぃっ!?」

「動くんじゃねぇぇぇぇぇっ！　メイクは命懸けだ！　女の戦いなんだよっ！　微塵《みじん》でも気を抜いたらぶっ殺すぞゴルァアアアアアアッ！」

口調すら変わるほどの凄《すさ》まじい剣幕で、ファラ様へメイクを施すマリリーさん。

その圧倒的なオーラに気圧《けお》され、ファラ様はただ悲鳴を上げるばかり。

「……腕は凄《すご》いのに、コレのせいで店が流行《はや》らないのよね」

「あははっ、どんな貴族が相手でも物怖じしないのは流石《さすが》ですけど」

普通の貴族相手にこんな真似《まね》をすれば、一発で大問題になるだろう。

『最高の品を提供する店ならば客に媚《こ》びる必要はない』という考えを持つアリシア様だからこそ、この店を気に入っているわけだ。

「今は貴方《あなた》がいるからいいけど、それまでは本当にお世話になったわ。亡くなったお母様の代わりに、ワタクシにメイクの手ほどきをしてくれたのは彼女だもの……」

「えっ？　ご自身でメイクをできるんですか……？　それならどうして毎日、私に……」

「もうこの店を利用する機会は無いから、今後はファラが常連になって欲しいものね」

俺の疑問をスルーし、不安げに口元を扇子で覆い隠すアリシア様。

まぁ、頼りにされているのは素直に嬉しいんだけどさ。

「うーん。ファラ様、最後まで耐えられますかね？」

「無理だった場合は……リムリスでも送り込むとするわ。あの厚化粧を見たら、マリリーはきっと過去最高にブチ切れるでしょうし」

そうなった光景を想像しているのか、くつくつと笑うアリシア様。

これ以上マリリーさんの血圧を上げさせることは極力避けた方がいいと思うけど……

「おっと。そういえば、例の話はいつ切り出すんですか？」

リムリス様の話題が出たことで、俺は今回の目的を思い出す。

彼女とファラ様の和解のためにも色々と話を聞かなければならない。

「まだ慌てる必要はないわ。まずはあの子への魔法を優先しないと」

「ええ。誰もが振り返るほどの素敵なご令嬢へと変身させてあげませんとね」

「……だからって、あの子に靡《なび》いたりしたら絶対に許さないわよ？　貴方《あなた》はワタクシの使用人なんだから……」

むすっと右の頰《ほお》を膨らませ、横目に俺を睨《にら》んでくるアリシア様。

たしかにファラ様はどんどん魅力的になっているし、そう心配する気持ちも頷《うなず》ける。

「要《い》らぬ心配ですよ。私の心はすでに、アリシア様に奪い尽くされていますので」

「っ！」

「他の誰かが入り込む余地など、どこにもございません」

アリシア様の瞳をまっすぐに見つめ返しながら、俺はキッパリと断言する。

姉さんはよく言っていた。女の子には回りくどい言葉は要らない。

ストレートに自分の気持ちをぶつけるのが大切だ……と。

「あらそう。それなら安心したわ」

そんな俺の想いが通じたのか、アリシア様は穏やかな微笑《ほほえ》みを浮かべる。

さらに両目を閉じると、俺の肩に寄りかかるようにして頭を預けてきた。

「いけません、このような場所で……」

「マリリーもファラも、メイクに夢中で気付かないわ。だから、ほんの少しの間だけ……」

もしも俺が貴族で、アリシア様に相応《ふさわ》しい地位を持っていたのなら。

彼女を強く抱き寄せることが許されたのかもしれない。

「……はい、かしこまりました」

大切な主人を前に、そんな不純な願望を抱いてしまうとは……

俺は間違いなく、使用人として失格なのだろうな。

◇

「はふへぁ……」

マリリーさんの激しいメイクとヘアセットを施されたファラ様。

彼女もまた、心身ともに疲れ果てた様子で……その場にへたり込んだ。

「つ、疲れましたぁ……」

「ほっほっほっ。久しぶりの全力で危うく昇天しかけたが……どうにかファラちゃんの魅力を引き出せたようじゃな」

ひと仕事を終えたマリリーさんは、額の汗を拭いながら笑う。

その言葉通り、彼女のメイクによって――ファラ様はまさしく生まれ変わった。

「……ファラ。立ち上がって鏡を見てみなさい」

「は、はい……ふわぁ！」

メイクされている最中は鏡を見ている余裕も無かったのだろう。

変身を遂げた自分の顔を目の当たりにして、ファラ様は驚愕《きょうがく》の声を上げた。

「これが……私？」

ただ簡単に束ねられていた髪は三つ編み状のサイドテールでアレンジされており、あんなに目立っていたそばかすも細やかなメイクによって消えている。

決して派手でケバケバしい印象ではなく、彼女が持つ生来の純朴《じゅんぼく》さをほんのりと際立たせるような絶妙のバランス。

今の俺には逆立ちしたって真似《まね》できない程に、素晴らしいメイクだと言えよう。

「すっかり見違えたわよ。これからは社交場でモテモテになるでしょうね」

「…………」

アリシア様が声をかけても、呆然《ぼうぜん》としたまま動かないファラ様。

その反応だけで、彼女がどれほど満足しているのかが分かるというものだ。

「そろそろ、いい時間だし……食事に向かいましょうか」

「あっ、うっ……」

少し経って、ようやく平常心を取り戻したのか。

ファラ様は無言のまま頷《うなず》いて、アリシア様の背後にそそくさと駆け寄った。

「マリリー、今日はありがとう。また近い内にグレイと一緒に来るわ」

「おお、楽しみにしておるぞ。今度のレッスンはグレイちゃんを殺す勢いで、奥義を伝授するつもりじゃからな」

「えっ？」

「ファラちゃんも、こんな老人の店で良ければ……また顔を見せに来ておくれ。お主のようにメイクのやりがいがある子が来てくれると寿命が延びる気がするのでな」

「……」

まだ声が出せないのか、ファラ様はコクコクコクと首を縦に振って答える。

「殺す勢い……？　奥義の伝授って、一体どんなレッスンをするつもりなんだ？」

一方の俺は、次のメイクレッスンのことを思い……ほんの少しだけ憂鬱《ゆううつ》になるのだった。

◇

王都でも指折りの名店であるとの呼び声が高い超高級レストラン。

今からそこで食事を取ろうとアリシア様が提案をすると、ファラ様は嫌がった。

自分のような者が入っていい場所じゃない。不釣り合いだと言い出したのだ。

「いいから行くわよ」

「あっ……！」

しかしアリシア様は半ば強引に、彼女の腕を引いて店内へと入っていく。

ドレス、メイク、ヘアスタイル。それら全てが新たに生まれ変わったファラ様が、アリシア様と共に足を踏み入れた瞬間、店内の客たちは一斉にどよめいた。

「ねえ、もしかして……【氷結令嬢】じゃない？」

「間違い無いわ。彼女がこの店を利用しているという話は本当だったのね」

店内の女性客の大半が、悪名高いアリシア様に対して批判的な反応。

そして、残る男性客はというと……

「アリシア様の隣にいる美しい令嬢は誰だ？」

「あの方と共に食事を取るようなご友人がいるなんてな」

「今まで見たことが無いご令嬢だ。しかし、それにしても……」

「「可憐だ……」」

ファラ様に目を奪われ、熱の籠《こ》もった視線を送る。

場所が場所でなければ、今にも口説きにやってきそうなほどの反応だ。

「ちょっと！　私と食事をしながら、他の女に見惚《みほ》れるなんて！」

「あんな女のどこがいいのよ！」

男性客の連れである女性客たちが、苛立《いらだ》ち混じりに非難の声を上げる。

それはあちこち、店内の色々なテーブルで起きていた。

「あらあら、困ったわね。この店は最高の料理を提供してくれるのだけど、客の品質は最低レベルなのが欠点だわ」

マナーのなっていない客たちを一瞥《いちべつ》し、呆《あき》れたように呟《つぶや》くアリシア様。

一方、今までに体験したことのない注目を浴びて……ファラ様は顔を赤くして俯《うつむ》き、アリシア様の袖をきゅっと摑《つか》む。

「大丈夫よ。ワタクシとグレイがいる限り、あんな連中には手を出させないから」

「はい。必ずお守りしますので、ご安心を」

「……ひゃい」

一応、この店は貴族しか来店できないはずなのだが……こんなにも騒々しい連中ばかりなのは、確かに客層が良いとは言えないな。

「お待たせ致しましたアリシア様。いつものお席へご案内します」

「ええ、よろしくお願いするわ」

俺たちはウェイターの案内で、店の中央にある階段を上がっていく。

貴族しかいない客たちの中でも、更にＶＩＰの客だけが利用可能な特別席だ。

「ここなら他の客から見られることもないし、会話の内容も聞こえないわよ」

「た、助かります……」

特別席は階段を上がった場所に一卓しか存在しないので、周囲を気にする必要がない。

数ある店の中からここを選んだのは、こうしてファラ様を気遣ったためだろう。

「何か希望のメニューはある？　なければ、普段ワタクシが頼んでいるコースにするけど」

「えと、その……じゃあお任せします……」

椅子《いす》に腰を下ろした後も、もじもじそわそわと落ち着かない様子のファラ様。

そんないじらしい姿はなんとも可愛らしい。

「では、いつものコースでお願いします」

「かしこまりました」

ウェイターに注文を伝えてから、俺はアリシア様の背後に控える。

俺もお腹《なか》が空いてきたが、当然この場所で食事などできるはずもない。

アリシア様たちがお食事を終えるまでの間は、ただひたすらに我慢だ。

「あの、アリシアさん。まだ少し、気が早いのかもしれないですけど……どうしても言っておきたいことがあって」

「あら？　急に改まって、何かしら？」

「今日は本当に、ありがとうございました。私、こんなに……こんなにも楽しくて、嬉しい時間を過ごせたのは初めてで……！」

感謝の言葉を口にしながら、ファラ様の瞳に今日何度目か分からない涙が浮かぶ。

それを見たアリシア様は苦笑しつつ、すぐに厳しい顔になった。

「泣きやみなさい」

「っ!」

「淑女たるもの、何があろうとも人前で涙を流してはいけないわ。折角のメイクを崩して、無様な顔を公衆の面前に晒《さら》すつもり?」

「うぅっ、ふぐっ……ぐぐっ……」

アリシア様の強い言葉に、ファラ様は一瞬だけビクッと体を震わせた。

しかしすぐに顔を上に向けて、どうにか溢《あふ》れ出る涙を堪《こら》えきったようだ。

「ええ、それでいいわ。女が涙を見せてもいいのは、愛する人の前だけなのだから。ねぇ、グレイもそう思うでしょう?」

そう言ってチラリと後ろの俺に目配せをしてくるアリシア様。

「……ノーコメントで」

「ふんっ!」

「ふぐぉっ!?　その通りでございます!」

鋭い肘《ひじ》鉄が俺の腹筋に突き刺さったので、痛みを堪えながら頷《うなず》いておく。

空腹状態で良かった。食後の状態なら、確実にリバースしていただろう。

「あは、はは……立派な淑女になるのって、難しいですね」

アリシア様に叱られ、泣くのをなんとか堪えたファラ様。

彼女は少し辛《つら》そうな顔で苦笑を漏らす。

「そうよ。ただでさえワタクシたちは生まれが一般人より恵まれているんですもの。上に立つ者として、相応の立ち居振る舞いは必要だわ」

「淑女たるもの、寝ぼけ眼《まなこ》で使用人に甘えたり、駄々をこねたりするのはいけませんよね」

「……グレイ、今夜は本気で覚悟しておきなさいよ？」

俺が呟《つぶや》いたツッコミを受けたアリシア様は、ゾッとするような笑顔で言い返してくる。

最近の言動に釘《くぎ》を刺すつもりだったのだが、火に油を注ぐ結果になってしまったようだ。

「……こほん。ファラ、ワタクシは回りくどいのが嫌いだから正直に言うわ。今回、貴方《あなた》をこうして誘ったのには理由があるの」

「えっ？」

「リムリスの件よ」

「あっ……」

その名前が出た瞬間、ファラ様の顔が強張《こわば》る。

いくらなんでも、これは悪手なのでは？

「彼女の家が大変なことになっているのは知っているでしょう？」

「……大まかには」

「貴方《あなた》が彼女を許せなくて、復讐《ふくしゅう》したい気持ちは分かるわ。でも、本当にそれでいいの？」

「…………」

「このままだとリムリスの家は潰《つぶ》れてしまって、あの子が路頭に迷うのは確実。世間知らずのリムリスの末路は……想像に難くないわ」

年々、貧富の格差が広がりつつある現代において……貴族に恨みを持つ平民は多い。

普段から横暴に振る舞っていたリムリス様が平民に堕《お》ちれば、これ幸いと薄汚い手が彼女に伸びるのは想像に難くない。

「私は……もう、あの人に騙《だま》されたくないんです」

「……」

「アリシアさんもご存知でしょう？　私の家は確かに大きい力を持っていますけど……私自身は父が愛人との間にもうけた末子です」

「……勿論《もちろん》よ」

前もってアリシア様から、俺もある程度の事情は聞かされていた。

ファラ様は名門貴族であるアストワール家の当主が、地方の村娘に半ば無理やりに産ませた子供なのだという。

母親が数年前に亡くなったのをきっかけに、アストワール本家に引き取られたらしい。

「屋敷にやって来た私を……父は無視しました。いいえ、父だけじゃなく、腹違いの兄や姉も私とは目も合わせず、一切話しかけてくださらなかったんです」

「……」

「社交場で出会った貴族の方たちも、私を田舎者《いなか》の貴族もどきだと馬鹿にして。だから、初めてリムリスさんが話しかけてくれて……友達になってくださった時は本当に嬉しかった」

しかし、そんな彼女の思いは踏みにじられた。

リムリス様の目的はファラ様を自分の引き立て役とした上で、可哀想《かわいそう》な境遇の彼女を護《まも》る自分の偽善に酔いしれること。

もっと言えば、彼女の存在を足掛かりにさらなる地位を狙っていた可能性も考えられる。

「もし、アリシアさんがリムリスさんに頼まれたのだとしても……ごめんなさい。私はあの人を、もう……」

「それでいいんじゃない？　じゃあ、この話はもう終わりね」

「え？」

「おまたせしました。こちらが前菜となります」

「まぁ、ナイスタイミングね」

アリシア様は呆気《あっけ》なく話を打ち切ると、ウェイターが運んできた前菜に目を輝かせた。

「ここの料理は本当に絶品なのよ。さぁ、頂きましょう」

「ア、アリシアさん？　どういう……？」

「何が？」

「だって、今日は私を説得するために来たんじゃ？」

「いいえ。ワタクシはただ貴方《あなた》に【魔法】をかけたかっただけ。だからリムリスからの頼みはついでよ」

「ついで……？」

「だって、あの子と仲直りするのは嫌なんでしょう？　それなのに無理強いなんてさせたくないわ……あむっ。うん、やっぱりここの料理は中々ね」

一口、前菜を口に運んだアリシア様は、嬉しそうに頬《ほお》を緩める。

しかし、俺とファラ様は啞然《あぜん》としたままだ。

「でも……！」

「……いい加減にしなさい。貴方、まだ分からないの？」

フォークを皿の上に置いて、アリシア様は苛立《いらだ》たしげに口元を布巾で拭う。

そしてファラ様を睨《にら》みつけ、俺でもゾッとするような怖い声色を出した。

「ワタクシが今日教えたかったのは、贔屓《ひいき》にしている店なんかじゃない。貴族も平民も、己の力と努力で……信頼を勝ち取れるということ」

きっとアリシア様なりの、自分の生き方を見せようとしたのだろう。

誰になんと言われようとも、どれほどの悪評や噂《うわさ》を広められようとも。

自分の目で良し悪しを判断し、それに応えてくれる人材を見つけて大切にしていく。

それが【アリシア】という人間なのだと。

「大切なのは貴方の意思よ。自分がどうしたいのか、どうありたいのか。それを考えて、決めて……自信を持って行動に移すだけの話だわ」

「アリシアさん……」

「貴方はいつだってそう。家族に無視されたですって？　それなら勿論《もちろん》、貴方の方から話しかけようとしたのよね？」

「えっ……」

「リムリスに騙《だま》されていた件だって同じよ。貴方はリムリスに全てを頼り、依存していた。その方が楽だから。何も考えなくて済むから」

みるみる、ファラ様の顔から血の気が失せていく。

しかしそれでも、アリシア様の責めは止まらない。

「そして今度はワタクシに依存するの？　ワタクシの後を追って、真似《まね》をして、自分のことも全てワタクシに決めてもらうつもりなのかしら？」

「わ……私は……！」

「……ファラ。難しいのなら友達に相談したり、頼ったりしてもいいわ。でも、決断を下すのはいつだって自分自身よ。貴方の人生は貴方のモノなんだから」

最後は優しい声で、諭すように告げるアリシア様。

これはきっとアリシア様ご自身も、似たような境遇だからこそ言えた言葉なのだろう。

周囲の人間や、実の父親に避けられていても。

彼女は自分の望む生き方を貫き、誰よりも気高く生きているのだ。

「……すみません。何から何まで教えて頂いてしまって……私が間違っていました」

「ファラ……」

「本当は怖かったんです」

「怖かった?」

「はい。実は今回の一件でリムリスさんに激怒したのは、私じゃなくて父なんです。私はリムリスさんについては何も言いませんでしたけど、舞踏会での一件を耳にしたみたいで……」

つまり、リムリス様の家を潰《つぶ》すように仕向けたのはファラ様の意思じゃなかったのか。

「でも、先程もお話ししたように……父は私への愛情など持っていません。それなのに父が動いた理由は、アストワール家の名誉を傷付けられたからでしょうね」

「……」

「そんな父に『リムリスさんを許してあげてください』とお願いするのが怖かった。父に反抗することを恐れるあまり、私は大切なお友達を見捨てようとしたんです」

ああ、ファラ様の気持ちを思うと……俺は胸が苦しくなる。

俺もかつてはクズな父親の言いなりで、何も逆らえずに辛《つら》い日々を過ごしていた。

そんな境遇で育った彼女が、自分の意思で動けなくなってしまうのも無理はない。

「ですが、今日のアリシアさんを見ていて思い知らされました。私はいつだって、自分で何かを変えようとしなかった。ただ自分の境遇や環境を嘆いて、誰かに依存してばかり」

最初は今にも泣き出しそうだったファラ様の声に、どんどん力が籠《こ》もっていく。

「悪いのはお父様でも、リムリスさんでもない。自分の気持ちも言えずに、成り行きに流されるだけの弱い自分だったんですね……」

それはまるで、自分の意思で殻を打ち破ろうとするかのようで……

「今でもリムリスさんにはムカつきます。何度も頰《ほお》をひっぱたいて、嫌な気持ちにさせてやるんだーって思うくらいには」

わなわなと震えながら、視線を下に向けるファラ様。

しかしそれも、ほんの一瞬だけ。

再び顔を上げた彼女の顔には、もはやなんの迷いも無かった。

「ですが、彼女が私と一緒に過ごした時間。その全てが演技だったとは思えませんし、楽しい時間も過ごせました。だから、私は今でも彼女を……友達だと思っています」

ファラ様はおもむろに椅子《いす》から立ち上がると、力強く拳を握りしめる。

「私はもう逃げない。お父様や……自分の気持ちからも」

「ええ、それでいいのよ」

「はい……！　申し訳ございません、アリシアさん。急用を思い出したので、食事はまたの機会にさせて頂いてもよろしいでしょうか？」

「勿論《もちろん》よ。もしもワタクシの力が必要なら、声をかけてちょうだい」

「はいっ！　アリシアさんも困ったことがあれば言ってくださいね！　何があろうとも駆けつけて、絶対にお力になってみせますから！」

「あら、それは心強いわね。その時はよろしくお願いするわ」

「えへへ……それでは失礼します！」

ドレスの裾を摑《つか》んで、階段を降りていくファラ様。

その足取りは軽く、表情は活《い》き活きとしているように見えた。

「ファラ様、強くなられましたね」

「ええ。きっと父親にガツンと一発、決めてくれるはずよ。もう、以前の気弱なファラはいないんですもの」

「なるほど。最初からこの【魔法】をかけるのが狙いでしたか」

「ふふっ、貴方《あなた》にしては珍しく、ワタクシの真意に気付くのが遅れたのね」

衣装やメイクで自信を付けさせるだけではなく、彼女の生き方の問題を指摘して生まれ変わらせるとは……流石《さすが》はアリシア様だ。

「でもね、グレイ。ワタクシの完璧《かんぺき》な計画には、もう一つの目的があるのよ」

「もう一つの目的、ですか？」

俺が首を傾《かし》げると、アリシア様は右手の人差し指でテーブルの上をトントンと叩く。

そしてその視線は、先程までファラ様が座っていた椅子《いす》へと向けられていた。

「ねぇ、ファラが一口も食べずに出ていったせいで……これからのコース料理が全て一人分余ってしまうわ」

「ま、まさか……？」

「というわけでグレイ。彼女の代わりに、貴方が席に着きなさい」

「はいっ!?　でも、使用人の私がテーブルに着いたら……」

「馬鹿ね。そのための特別席でしょう？　この場所ならウェイター以外の誰にもバレないわ」

……ああ、なるほど。

アリシア様がこの店を選んだ本当の理由は、そういうことだったのか。

「はは、つくづく敵《かな》いませんね。アリシア様には」

「今頃気付いたの？　グレイ、貴方はとっくにワタクシの手のひらの上よ」

してやられて悔しい気持ちはあるが……ここは素直に感謝するべきだろう。

アリシア様のおかげで、この店の最高の料理を味わえるのだから。

「本当にありがとうございます」

貴族の方々が利用するような高級レストランでの食事。

これは幼い頃の自分が、いつか叶えたいと思っていた大きな夢の一つでもある。

「それじゃあグレイ。乾杯といきましょう」

「ええ、アリシア様」

いや、料理なんてどうだっていい。

俺が何よりも嬉しいのは、こうしてアリシア様と同じ目線でテーブルを囲めること。

「「乾杯」」

しかしこれは、今だけに許された夢のひとときだ。

決して手の届くはずのない、最愛の女性。

高貴なる彼女を幸せにできるのは、同じ世界に住まう貴族だけ。

だから俺は自分の感情に蓋《ふた》をした。

「貴方《あなた》はワタクシのモノよ。これからも、ずっとずっと離さないんだから」

「はい、アリシア様」

何が起きようとも、どんな誘惑があろうとも。

この想いだけは絶対に、胸の奥に秘め続けてみせる。

俺は心の中でそう誓いながら、グラスを片手に優しく微笑《ほほえ》んでいる最愛の人――

アリシア様の美しい笑顔を目に焼き付けるのであった。

✦幕間✦　お姉ちゃんとの思い出③

「グレイ。今から貴方《あなた》に、とても大切なことを伝えておきますわよ」

俺が姉さんからの特訓を受けるようになってから、一年ほどが経った頃。

普段は見せないような真剣な面持ちで、姉さんがそう切り出してきた。

「もしもいつか、貴方が本物の騎士や貴族の使用人になれたとして。その時に、絶対に守らないといけないルールがありますの」

この頃にはすっかり、お嬢様言葉が上達して様《さま》になっていた姉さん。そんな彼女が、俺の前から姿を消してしまうまでの間に……何度も口を酸っぱくして言っていたのがコレだ。

「絶対に、貴族令嬢に恋をしては駄目ですわ」

「どうして……？　ボク、綺麗《きれい》なお嬢様と結婚しちゃいけないの？」

「……ええ、そうよ。もしもそんなことになったら、せっかく手にした幸せを失ってしまう結果になりかねないわ。だから……恋をするのなら貴方と同じ平民にしなさい」

悲しげに俯《うつむ》いて、俺の頰《ほお》に手を添える姉さんの瞳には……珍しく涙が浮かんでいた。

もしかすると姉さんは、この時すでに俺が辿《たど》る苦難の未来を予想していたのかもしれない。

仕えるべき主人。貴族令嬢に恋をしてしまう……愚かな弟の未来を。

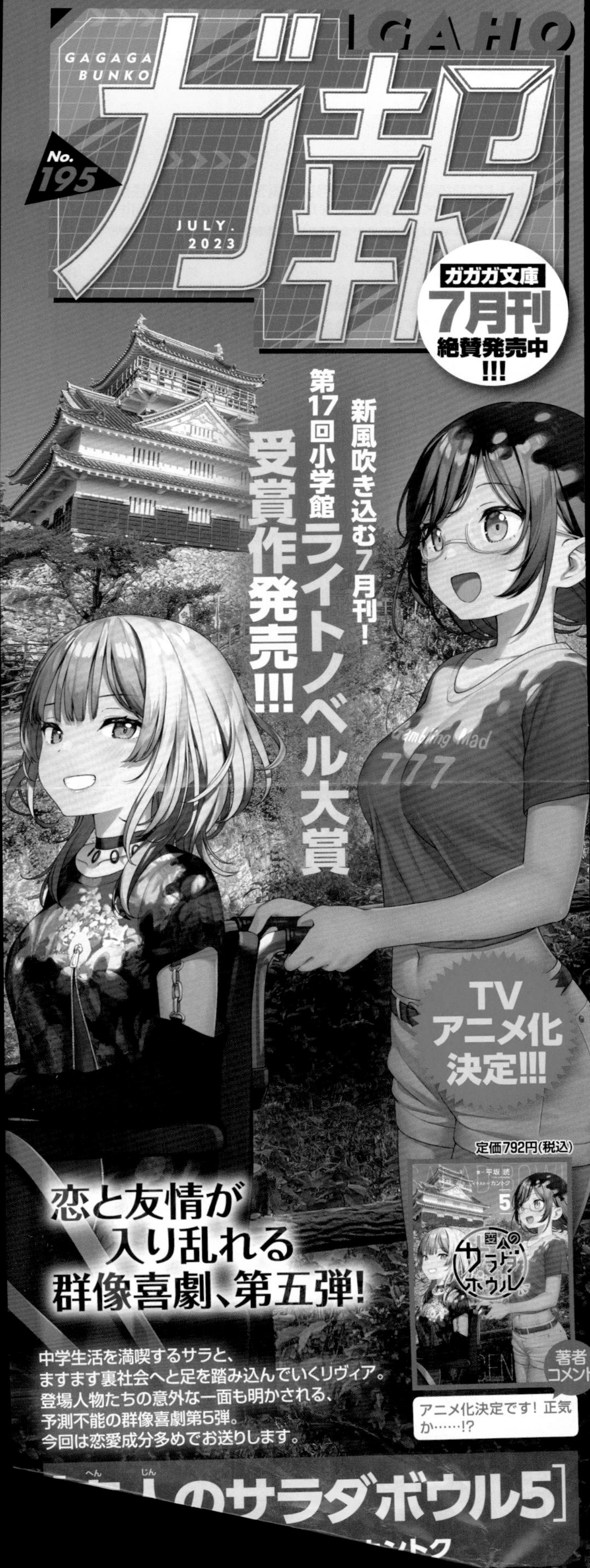
GAGAGA BUNKO
IGAHO
ガ報
No.195
JULY. 2023
ガガガ文庫
7月刊
絶賛発売中!!!
新風吹き込む7月刊!
第17回小学館ライトノベル大賞
受賞作発売!!!
TV
アニメ化
決定!!!
定価792円(税込)
平坂読
カントク
5
変人のサラダボウル
恋と友情が
入り乱れる
群像喜劇、第五弾!
中学生活を満喫するサラと、
ますます裏社会へと足を踏み込んでいくリヴィア。
登場人物たちの意外な一面も明かされる、
予測不能の群像喜劇第5弾。
今回は恋愛成分多めでお送りします。
著者コメント
アニメ化決定です! 正気か……!?
のサラダボウル5]

大賞含む2作品が発売
第17回
小学館ライトノベル大賞
大賞
【獄門撫子此処ニ在リ】
イラスト／おしおしお
優秀賞
【ドスケベ催

陽キャな彼と彼女の、秘めた想い。
定価792円(税込)
著者コメント
読み返したら星美くんの登場シーンの九割が女装姿でした！……本当に男の子か？(混乱)
ジル(星美)と心寧は、ショッピング中に女性とぶつかってしまう。お詫びに女性の経営するカフェで働くことになるも、そこには折戸の姿が!? 更には 伊武から折戸の好きな人を探る 頼まれてしまい——。
美くんのプロデュースvol.2
ルが似合《にあ》わない服《ふく》を着《き》てもいいですか?
著:悠木《ゆうき》りん イラスト:花ヶ田《はながた》

最強雀蜂型「虫樹」ベニシダレを倒せ！
定価858円(税込)
著者コメント
砂の大地に水と緑をもたらすため奮闘する漢と少女の、マシンアクション小説の第二巻です。熱い物語です。
虫樹部隊団長のリョウの次なる強敵はディナール。雀蜂型虫樹「ベニシダレ」を操る彼女は、リョウと幼い頃に心を通わせ同じ夢を見た麗人だった。砂漠の大地に平和をもたらすため、リョウとセンは新たな戦いへ！
ソレオレノ2
著:喜多川《きたがわ》 信《しん》 イラスト:KENT《ケント》

GAGAGA 電子限定配信 DENSHI
定価1430円(税込)
本編で語られなかったロメリアの海洋の戦い
著者コメント
ロメリア戦記、一巻と二巻の間の話です。楽しんでいただけると幸いです。
ギリエ峡谷の魔物を駆逐したロメリアは、港の建設に乗り出していた。そして港を運営すべく、メビュウム内海にあるメルカ島に協力を求め旅立つ。本編で語られることのなかったロメリア達の海洋での戦いが明かされる。
ロメリア戦記《せんき》 外伝《がいでん》
～魔王《まおう》を倒《たお》した後《あと》も人類《じんるい》やばそうだから軍隊組織《ぐんたいそしき》した～
著:有山《ありやま》リョウ イラスト:上戸《かみと》 亮《りょう》

明澄俐乃《あけすみりの》
19歳。境童話という芸名でタレント活動中。
七曲《ななまが》
19歳。
なりたかった
なれな

第四章　婚約者なんていらないわ

「ねぇ、グレイ。貴方《あなた》がこの屋敷に来てから、どれくらいになるのかしら？」

一流のシェフが作った料理が卓上にズラリと並ぶ、オズリンド家の食堂。

俺が引いた椅子《いす》に腰を下ろしたアリシア様は、不意にそんなことを訊《たず》ねてきた。

「そうですね……もうそろそろ三か月くらいになるでしょうか」

せめて一か月はクビにならずに耐えて欲しい。

この屋敷に掃除係として採用される際、マヤさんからそう言われたのを思い出す。

クビになるどころか、今はこうしてアリシア様の専属使用人として働いているなんて。

いやはや、人生というのは本当に分からないものだと思う。

「へぇ？　もうそんなになるの。三か月近くも……」

俺の返答を受けて、アリシア様がキッとこちらを睨《にら》んでくる。

その瞳には失意と怒りの色が浮かんでいた。

「それだというのに、貴方は一体いつになったら理解するというのかしら」

「……何の話でしょうか？」

「前から言っているでしょう！　こんなものをワタクシの食卓に並べないで！」

バァンッとテーブルを勢い良く叩くアリシア様。

それを受けて、傍《そば》に控えていたメイドたちや、厨房のシェフたちが同時に悲鳴を上げる。

しかし、俺はそんな脅しに一切屈することなく……テーブルの上の料理を指差した。

「もしかして、この料理のことをおっしゃっているのですか？」

俺が指差したのは、シェフが腕によりをかけて作った野菜の肉詰め料理。

一見すると庶民じみた料理に見えるかもしれないが、それは大間違いだ。

採れたて新鮮なピーマンと、高級牛の霜降り肉を贅沢に使用した……まさに貴族だけに許された至高の逸品だと言えよう。

「この料理は嫌いなのよ」

「この料理ではなく、この野菜が、の間違いでは？」

「違うわ。子供じゃあるまいし、ワタクシが野菜を好き嫌いすると思う？　単純に味の問題なのに、論点をすり替えないでくれる？」

「……そうですか。こちらは食べられませんか」

「分かったら、とっとと下げてちょうだい。手を付けていないんだから、誰か他の子に……」

「あーあ。今日のために、いっぱい練習したのになぁ」

俺は大袈裟《おおげさ》にそう言いながら、野菜の肉詰めがのせられた皿に手を伸ばす。

すると当然、アリシア様は不思議そうに俺の顔を覗《のぞ》き込んできた。

「いっぱい練習、ですって？」

「ええ。野菜の肉詰め料理って、少し食べにくい料理ですよね？　ナイフを入れる時に、野菜と詰められた肉が分離してしまうこともありますし」

「そ、そうね。全くもって忌々《いまいま》しい料理だわ」

「だから、こちらをお召し上がりになる際には、私が切り分けて……食べさせてあげようかと考えていたんです」

「へっ……？」

俺がそう言うと、アリシア様は俺の腕をガッと摑《つか》んできた。

「……待って。食べさせてあげるって、どういう意味なの？」

「それは勿論《もちろん》、フォークを使って……あーん、と」

「なっ……！　あーん……？」

「でも大丈夫ですよ。練習の成果は他の人に確認してもらいますから」

視線を横に向けると、そこにはちょうど新人メイドのメイが立っていた。

彼女は満面の笑みを浮かべながら、まっすぐにその手を上に伸ばしている。

「グレイさん、私が立候補してもいいですか？」

「勿論だよ。だって、アリシア様はこの料理……要《い》らないんだから」

「うっ……！」

どれだけ強気に振る舞おうとも、その性根は甘えん坊のアリシア様のことだ。

誰かにあーんして食べさせてもらえる、という行為に魅力を覚えないわけがない。

「それじゃあメイ。アリシア様の食事が終わったら……」

「……わよ」

「え？」

「食べる、わよ……それで、いいんでしょ？」

プルプルプル。わなわなわな。

全身を震わせながら、アリシア様が頭の先から指の先まで真っ赤になっている。

「貴方《あなた》がワタクシ以外の女に優しくするなんて、絶対にイヤ……！　だってグレイはワタクシのものなんだから、ワタクシだけを甘やかしてくれなきゃだめなのよ。ちゃんといい子にするから、ワタクシをもっといっぱい可愛がってよぉ……」

というような長台詞《ぜりふ》を、ほとんど俺にしか聞こえないほどの小さな音量で呟《つぶや》いてきた。

他の使用人たちはみんな揃《そろ》って「なんて言ったんだろう？」と首を傾《かし》げている。

「……何をジロジロと見ているのよ、貴方たち？」

「「「「ひぃっ！」」」」

そしてそんな彼らに、アリシア様は八つ当たりのように怒りの視線をぶつける。

「今すぐ出ていきなさい！　ワタクシが食事を終えるまで、誰も中に入って来ては駄目よ！」

「「「「か、かしこまりましたぁぁぁぁぁぁあっ！」」」」

配膳担当のメイドたちや、使用人用の料理を準備していたシェフに至るまで。

全員がアリシア様に怒鳴られて、食堂を飛び出していく。

「ううっ……グレイさんからのあーん……」

「あ？　今、何か言ったかしら？」

「あひぃっ！　すみませぇぇぇんっ！」

当然、メイも例外ではないのだが……

なぜか彼女だけ、執拗《しつよう》に敵意をぶつけられていたような気もする。

「……アリシア様。感情的になられるのはお控えください」

最近ようやく周囲からの評判が上がってきているというのに。

こんな真似《まね》を続けていたら全て台無しになってしまう。

「だってだって！　少しでも早くあーんして欲しかったのよ！」

そう言いながらアリシア様は、ずっと摑《つか》んでいた俺の腕を離す。

それから両目を閉じると、ウキウキした様子で大きく口を開いた。

「あーん……♪」

まるで親に餌《えさ》をねだる雛鳥《ひなどり》みたいで可愛いなと思いつつ、俺はナイフを使ってピーマンの肉詰めを切り分けていく。

練習の成果もあって、形を崩さずにカットしたそれを……俺はアリシア様の口へ運ぶ。

「あーん」

「あー……むっ」

「美味《おい》しいですか？」

「……ん～？　一口だけじゃ分からないわ。ねぇ、もっと……ちょうだい？」

人目が無くなったことで、完全にタガが外れたのだろう。

アリシア様は俺の腕に自分の腕を絡ませながら、上目遣いに甘えてくる。

「もう、しょうがないですね」

「グレイが悪いのよ？　こんなにもワタクシを誘惑するんだから」

「誘惑って……まぁ、ピーマンを食べてくださるのなら私も嬉しいです」

甘えん坊になったアリシア様の口に、俺は再びフォークを運んでいく。

「あむっ……んふふふっ」

あれだけ嫌っていたピーマンをこれほど嬉しそうに頰張《ほお》っているのだから、このやり方は実に効果的だと言えるだろう。

「ねぇねぇ、次はそっちのカルパッチョを食べさせて。ねぇ、ねぇ！」

「……そろそろ、ご自分でどうぞ」

「うぅ……」

「アリシア様は高貴なるご令嬢なのですから、お一人で食べられますよね？」

「むぅ……」

「ですから、頬《ほお》を膨らませても駄目なものは駄目です」

好き嫌いをなくすためとはいえ、やはりこの方法は諸刃《もろは》の剣《つるぎ》だったか。

「グレイ……駄目なの？　こんなにお願いしているのに？」

「……いけません」

「チィッ……しぶといわね」

「当然です。自分はアリシア様の、専属使用人ですから……」

「まぁいいわ。じっくりと、真綿で絞めるように追い込んでいくだけよ」

取り出した扇子を広げ、アリシア様はクスクスと笑う。

ここ最近、アリシア様からのスキンシップは激しさを増すばかり。

料理の好き嫌いにしたって、あんな風に拒絶するのは俺が専属使用人になってからだとマヤさんが言っていた。

要するに彼女はワガママを装い、俺に甘える口実を作っているというわけだ。

いや、それに応じて、あーん作戦とか考えちゃう俺も俺でおかしいのかもしれないが。

「もう、いつまでボンヤリしているの？　ほら、そろそろピーマンを食べたいわ」

「あっ、はい！」

正直に言えば、今の状況は俺にとって最高に幸せだと言える。

高給な仕事に就いて、衣食住に困らず、世界一素敵な女性のお傍《そば》にいられるのだから。

「んっふっふっふ～♪」

でもそれは俺の幸福であって、アリシア様の幸福には繋《つな》がらない。

これ以上、二人の距離が縮まることがあれば……その先には大きな不幸が待っている。

そうなる前に、一度アリシア様とじっくり話し合わないといけないな。

「あーん……むっ。んむぅ～～～っ！」

頬に手を添えて瞳を輝かせるアリシア様を見つめながら、俺はこの夢のようなひと時が長続きしないことを悟っていた。

だがそれは……甘い見通しであったと言うしかない。

まもなく食堂へ入ってくる人物によって――俺はそれを痛感させられることとなる。

その始まりを告げたのは、食堂の扉が開かれるガチャリという音。

「あっ」

それに気付いた瞬間、アリシア様は満面の笑みから一転。

鬼のような形相で振り返り、大きな怒鳴り声を上げた。

「食事が終わるまでは誰も入って来ないでと言ったでしょう！　今はワタクシとグレイのイチャイチャタイムなんだから！」

甘えん坊モードで食事を楽しんでいた分、反動が凄《すさ》まじいのだろう。

俺でさえ震え上がりそうなほどの威圧感を放つアリシア様。

しかし、その勢いはすぐに消沈してしまう。

「ほう？　それは悪かった。まさかこの屋敷の中に、私が入ってはいけない場所があるとは思わなかったものでな」

聞き覚えの無い、威厳に満ち溢《あふ》れた低い声。

そんな声の持ち主は、食堂内に入ってくるなり……アリシア様と俺を鋭い視線で一瞥《いちべつ》する。

年齢は四十代くらい。精悍《せいかん》な顔付きに、綺麗《きれい》に整えられた口髭《ひげ》。シワ一つ無い高級そうな衣服や、その堂々たる佇《たたず》まいからも……この人物が貴族であるのは確実だろう。

「お、お父様？」

「えっ⁉」

男性の顔を見るなり、アリシア様が目を丸くしながら呟《つぶや》く。かくいう俺もまた、突然現れたアリシア様のお父君……ディラン・オズリンド様を前に硬直するしかない。

「失礼致しましたわ。てっきり、使用人の誰かが入ってきたのかと……」

流石《さすが》のアリシア様といえども、ディラン様を相手に強気な態度は貫けないのだろう。

いまだかつてないほどに改まった様子で、うやうやしく頭を下げている。

「それはおかしな話だな。お前のすぐ隣にいる男も、使用人の一人ではないのか？」

「うっ……！」

ディラン様に睨《にら》まれ、俺は頭の先から爪先《つまさき》までを強張《こわば》らせる。

ただ視線を向けられているだけなのに、意識が飛んでしまいそうなほどに怖い。

「この者はワタクシの専属ですもの。何もおかしくありませんわ」

「専属……か。それにしてはずいぶんと、親しげに話していたように見えたが？」

「「……」」

「それにイチャイチャタイム……だと？　使用人と二人きりで何をしていたのか、今すぐ私の目の前でやってみせてもらおうか？」

ぐうの音も出ない正論に、俺たちは押し黙るしかない。

ディラン様の言う通り、この方法はどう考えても使用人の領域を越えているからだ。

「……ふんっ。そこの使用人に関しては、幾度となくマヤから報告を受けている。名前はたしか……グレイだったか」

「は、はい。グレイ・レッカーと申します。お会いできて光栄でございます」

マヤさんから報告……か。

あの人は俺がアリシア様の専属使用人になることに否定的な立場だったからな。ディラン様はほぼ確実に、俺に対して悪い印象を抱いているだろう。

「アリシアよ。十七歳になったばかりのお前が、十六歳の男を専属使用人にするとは……一体何を考えているのだ？」

「お言葉ですが、お父様。優秀な人材に年齢や性別は関係ありませんわ」

「お前の言葉には一理ある。しかしそれを言うからには、この抜擢《ばってき》に関して一切の私情が絡んでいないと……私に誓えるのだろうな？」

「…………そ、それは」

言い淀《よど》んだアリシア様を見て、ディラン様は呆《あき》れたように溜息を漏らす。

「はぁ……久しぶりに様子を見に来てみれば、こんな状況になっていたとはな。やはり、マヤ一人にお前の監視を任せたのは失敗であったか……」

父親としては、長らく会っていなかった娘の傍《そば》に、得体の知れない男がまとわり付いていると知った心境に違いない。

だからこそ、こうして俺に厳しい視線を向けるのも頷《うなず》けるのだが……だからといって、そう簡単に納得されるアリシア様ではない。

「いい加減にしてくださいましっ！」

とうとう我慢の限界を迎えたのか、アリシア様が激しく声を荒らげる。

「ずっとずっと、ワタクシを別邸に放っておいたくせに！　ワタクシが今まで、どんな思いで過ごしてきたのかを知らないくせに！」

立ち上がり、テーブルを強く叩く。

衝撃で食器が床に落ちて、割れる音が無惨に響くも……アリシア様の勢いは止まらない。

「グレイは……！　そんなワタクシにとって初めての……！」

「初めての……なんだというのだ？」

しかし、相対するディラン様も一切怯《ひる》まない。

自分の娘が瞳を潤ませながら叫んでいるというのに、眉《まゆ》一つ動かさずに言葉を続ける。

「たしかに私はこれまで、お前を放置していた。お前がどのように過ごしてきたか、自分の目では見ていない。だからこそ、今日はここに来たのだ」

「え……？」

この時の俺は、夢にも思わなかった。

「社交界から弾き出され、学院も停学となり、屋敷にも居場所が無いのであれば……お前に残された道は一つしかない」

重苦しい空気の中、ディラン様が言い放った一言。

「アリシア、お前に新しい婚約者を用意した。今度こそ、お前は花嫁となるのだ」

この言葉が後に、俺とアリシア様の運命を大きく変えてしまうなんて――

◇

アリシア様に新しい婚約者ができたと、ディラン様の口から告げられた後。

ただ呆然《ぼうぜん》とする俺とは違い、当の本人であるアリシア様は落ち着いていた。

「このワタクシに婚約者？　何の冗談ですの？」

「冗談ではない。先日、私が先方と話し合い……正式に決まった」

「本人に断りもなく決めてしまうなんて、やり方が乱暴でしてよ。こちらにも最低限、選ぶ権利くらいはありますわ」

扇子を広げ、顔の下半分を覆い隠すアリシア様。

口元は見えないが、不愉快そうに歯を嚙《か》み締める音が聞こえた気がした。

「今更何を言う。結婚相手に興味が無いからと、これまでの婚約関係は全て私が段取りをしていたではないか」

ギリッ。

「確か、こうも言っていたな。『どうせ誰と結婚しても、ワタクシには指一本触れさせるつもりはありませんわ。ですから、相手はお父様が適当に決めてくださいまし』……と」

ギリギリギリッ……どんどん大きくなる歯軋《はぎし》りの音。

過去の自分が軽率に吐いた言葉を後悔しているのか、アリシア様のこめかみには青筋が浮かんでピクピクと痙攣《けいれん》している。

「ど、どうせ……今度の相手も尻尾《しっぽ》を巻いて逃げ出すに決まっていますわ。今までだって、ずっとそうでしたもの」

そうだ。アリシア様は過去に、何十件もの婚約破棄を経験している。

辛辣《しんらつ》なアリシア様の言動（素直になれないだけ）を真に受けて、彼女を冷徹だの悪魔だのと罵《のの》る連中や、他に好きな女を作って『真実の愛を見つけた』と宣《のたま》う連中など。

それはもう、ろくでもない方ばかりだったそうだ。

「いいや、そうはならないだろう」

「あら、どうしてそう言い切れますの？　自分で言うのもなんですけれど、ワタクシの性格はかなりキツイものがありますわ」

「ああ。過去に私が縁談を持ちかけた者たちは全員、お前の性格に耐え切れず……婚約破棄を選んだ。しかし、今度の婚約者は大丈夫だ」

「……え？」

「その者はお前の振る舞いも全て承知している。その上で、是非とも結婚したいと婚約を申し込んで来たのだからな」

「あ、ありえませんわっ!?　このワタクシと結婚したい殿方がいるなんて！」

驚愕《きょうがく》して見開いた目で、アリシア様はチラリと俺の方を見た。

そこでようやく俺は、どこかぼんやりとしたままの意識を現実へと引き戻す。

「ディラン様、アリシア様も急な話で動揺していらっしゃるのかと……」

喉《のど》の奥がカラカラで、絞り出した声は掠《かす》れ切っていた。

気分が悪い。今すぐトイレに駆け込み、吐きたい衝動を抑え込んで……俺は言葉を続ける。

「婚約のお話に関しましては、また日を改めて頂く形ではいけませんか?」

「うむ、そうだな。アリシアも心の準備をする時間が必要だろう」

ディラン様はそう言い残すと、踵《きびす》を返して食堂を出ていかれた。

この場に残されたのは、俺とアリシア様と……すでに冷めきってしまった料理。

「グレイ、どうしてよ……?」

俺に背中を向けたまま、アリシア様が問いかけてくる。

「どうして、反対してくれなかったの?」

「私だって、アリシア様が望んでおられない婚約など反対です」

「だったら!」

勢いよく振り返ったアリシア様の瞳には涙が浮かんでいた。

しかしその雫《しずく》は、ギリギリのところで溢《あふ》れ落ちるのを耐えている。

「だったら……ワタクシをこの屋敷から……!」

スッと俺の前に、アリシア様の白くて綺麗《きれい》な手が伸びてくる。

いくら馬鹿で鈍感な俺でも、この言葉と仕草が何を意味するのかは分かっていた。

「……アリシア様は、何も分かっていませんね」

「……え？」

「アリシア様は生きた虫を捕まえて、食べたことがありますか？」

「は……？」

俺の返答が予想外だったのか、アリシア様はきょとんとした顔で目を見開く。

「夏場は草木や虫でどうとでもできるんですけどね。冬は食べ物が本当に何も無くて、とにかく川の水を飲んで空腹を紛らわせるんです。いやぁ、アレは本当に冷たかったなぁ」

「な、何を言っているの……？」

「お風呂は三日に一度。それ以外は濡らしたボロタオルで体を拭くだけ。住む家はこの食堂の半分程度の広さで、床板は腐っているし、壁は穴だらけで常に隙間《すきま》風が吹いてくる」

「グレイ！　一体何の話をして……！」

「それが駆け落ちをした結果だと言っているんですよ」

「……っ！」

「私の場合は、これに父親からの虐待がありましたからね。それに比べればまともな生活だと思いますが……アリシア様には到底、耐えられないでしょう」

「あっ、えっ……？」

ここでようやく、アリシア様も理解したようだ。

彼女にとって草木や虫を食べるなんて常識外の行動。

今にも崩れ落ちそうなボロ小屋で寝泊まりするなんて想像もつかない。

だけどそれが、俺という人間が過ごしてきた人生そのものなのだ。

「そ、そこまでの……生活には、ならないでしょう？　ワタクシだって、働けば……」

「働いた瞬間に居場所がバレてしまいますよ。そうしたらすぐに私は捕らえられて、処刑されてしまうでしょうね」

「……だったら、国外に逃亡するとか」

「到底逃げ切れるとは思えません。それにもし駆け落ちが成功したとしても、見つかるのは時間の問題ですよ」

唯一、逃げ切れる可能性があるとすれば……あの掃き溜めのようなスラム街に身を寄せることくらいか。王都の人間は誰もあそこに近付こうとはしないし、あんな悪辣《あくらつ》な環境に公爵令嬢が暮らしているなどとは誰も考えないだろう。

ただし、俺がアリシア様から目を離した時が最後。

アリシア様は一瞬でスラムの男たちに……いや、考えるのはよそう。

「無理なんですよ。私は社会の掃き溜めで、クズの父親の元に生まれ落ちた……最底辺の人間です。どう背伸びをしてもアリシア様と釣り合う人間じゃない」

自分で言っていて死にたくなってしまうような悲しい現実。

だが、いくら悲観しようと……生まれを呪おうとも。現実は何も変えられない。

「ですから、婚約は前向きに考えるべきだと思います。勿論《もちろん》、相手が相応《ふさわ》しくない方であれば私も反対しますから……」

アリシア様は何も答えなかった。

ただ、虚《うつ》ろな瞳のまま小さく頷《うなず》いて……力無く食堂の外へ歩いていく。

「……っ」

主人にあんな顔をさせてしまうなんて、使用人失格だ。

ああ、神様。どうして俺は……平民に生まれ落ちてしまったのでしょうか。

もしも俺が貴族なら、絶対にアリシア様を幸せにしてみせるのに。

「……何を考えているんだ、俺は」

惨めで哀れな、負け惜しみの妄想に反吐《へど》が出そうになる。

どう足掻《あが》いたところで過去は変えられない。生まれは変わらない。

そんなこと、分かりきっていたはずなのに——

◇

食堂での一件から、どれだけの日数が経ったのだろうか。

三日か、一週間か、それとも一か月か。

日にちの感覚すらおぼろげになってしまったが……ただ一つだけ、確かなことがある。

それはあの日以来、俺とアリシア様の関係が大きく変わってしまったということだ。

「おはよう、グレイ」

「お、おはようございます……」

まず、あれほど寝起きの悪かったアリシア様がご自身で起きるようになった。

甘えん坊モードはすっかり影を潜め、ヘアセットからメイクまで自分で済ませる。

「今日は少し、メイと中庭の花壇に関する話し合いをしてくるわ」

「そうですか。では、私も……」

「貴方《あなた》は休んでいなさい。屋敷の外ならともかく、屋敷の敷地内でワタクシにくっついている必要も無いでしょう？」

このような感じで、休憩を出される機会が増えてきた。

俺が彼女のお世話をするのは、本当に最低限のものばかりで。

アリシア様の方も必要以上に話しかけてはくださらなくなった。

さらに、それどころか……

「アリシア様！　ご入浴されたのですか？」

「ええ、そうだけど」

「どうして私に一言も……」

「あら？　ワタクシが入浴するのに貴方の許可がいるのかしら？」

「いえ……」

休憩を終えて仕事に戻ると、その間にアリシア様が入浴を終えていたケースもあった。

しかもなぜか傍《そば》には、メイが控えていて。

「あの、グレイさん！　これはですね、えっと……」

「メイ、うるさいわよ」

「うっ……！」

バツが悪そうに項垂《うなだ》れるメイ。

彼女からしても、俺を差し置いてアリシア様の傍にいることが心苦しいのかもしれない。

「じゃあ、グレイ。ワタクシはこれからレッスンに向かうわ」

「かしこまりました」

俺を置いて、廊下を進んでいくアリシア様の後ろ姿を見ると……胸がチクリと痛む。

「グレイさん……！」

いきなりメイが、俺の腕をギュッと摑《つか》んでくる。

驚いて俺が振り返ると、彼女はいつになく思い詰めたような表情でこちらを見つめていた。

「何があろうとも、お嬢様を信じて待ってあげてくださいっ！」

「……え？」

「いいですか？　約束ですからね？」

そう言い残して、メイは俺の腕を離して走り去っていった。

お嬢様を信じて待ってあげて……か。

今のアリシア様の振る舞いにも、何か真意があるという意味なのかな？

だけど、あの日から俺は……アリシア様の心が分からなくなってしまった。

こんな状態で、何がアリシア様の通訳係だ……

「………くそっ、なんなんだよ」

思いがけず、悪態が漏れる。

しまったと俺が思ったのも束の間、後ろから声をかけられた。

「全く、今の貴方《あなた》は使用人失格ですよ」

「あっ」

声の方にいたのは、この屋敷の執事長であるマヤさんだった。

彼女は眉間《みけん》にシワを刻みながら、俺を冷たい瞳で見ていた。

「私たちの言動一つで、主人の顔に泥を塗る可能性があることを自覚するべきです。今ここを通りかかったのがお客様ではなく、私だったから良かったものを……」

「も、申し訳ございません……」

「使用人である自覚が足りず、分不相応な願望を持っているから気が緩むのですよ」

返す言葉も無い。全てマヤさんの言う通りだ。

アリシア様との間に距離ができて苛立《いらだ》つなんて、俺は心のどこかでアリシア様を自分のモノのように考えていた証拠だ。

「はい……深く反省します」

「……いずれにせよ、今週末には否が応でも全てを受け入れることになるでしょう」

「今週末、ですか？」

「ええ。お嬢様の婚約者が、顔合わせのために屋敷へとやってくるそうです」

ドクン、と心臓が大きく脈打つ。

アリシア様に婚約を申し込んだ男が……遂にこの屋敷にやってくるというのか。

「あ、あはっ……あははははっ！」

ヒクつく頰《ほお》の筋肉を強引に動かし、俺はぎこちない笑顔を貼り付ける。

もはやこれは意地だった。これ以上、情けない自分を晒《さら》さないために。

「それはとても……楽しみですね」

俺は胸の奥で燃え盛る嫉妬の炎を、気合いと理性で強引にねじ伏せるのだった。

◇

「本日、屋敷にお嬢様の婚約者様がいらっしゃいます。くれぐれも失礼の無いように」

早朝、屋敷中の使用人たちが集まる食堂にて、マヤさんは俺たちにそう告げた。

もっとも、この件は数日前から通達されていたので……あくまでもただの確認なのだが。

「ねぇねぇ、お嬢様の婚約者って一体どんな人なのかしら？」

「旦那《だんな》様がお認めになったくらいだから、凄《すご》いお家柄なんでしょうね」

「私はルックスの方が気になるなぁ。カッコいい方だったらいいのに」

マヤさんが話し終えて食堂を出た途端、メイドたちは談笑に花を咲かせ始める。

「ああん！　側室に見初められちゃったらどうしよ〜！」

「ばーか。私たちみたいな平民に興味があるわけないでしょ」

誰も彼もが、もうすぐやってくる婚約者に興味津々といった様子だ。

俺はそんな喧騒《けんそう》の中で、スープとパンを機械的に口へと運び続けていた。

なぜだろう。一流のシェフが作った最高のスープが、子供の頃によく飲んでいた泥水のスープよりも不味《まず》く感じる。

「おい、グレイ……お前、本当に大丈夫か？　目が死んでいるぞ」

対面の席に座っていたモリーさんが、心配そうに俺の顔を覗《のぞ》き込んでくる。

いつものお調子者ぶりが鳴りを潜め、真面目《まじめ》なトーンで心配してくれているということは、今の俺は相当酷《ひど》い状態に違いないな。

「例の婚約者の件を気にしているんだろ？　いっそのこと、とんでもねぇクソ野郎がやってきて婚約が破談になればいいいんだが……」

「滅多なことは言わない方がいいですよ。マヤさんに聞かれでもしたら大変です」

でも、モリーさんなりに、俺を気遣ってくれているのは分かる。

アリシア様の使用人として祈るべきは【相手が素晴らしい人】で、無事に婚約が成立することだ。断じて、婚約破棄を願うわけにはいかない。

「グレイ、俺はただ……」

「ご馳走《ちそう》様でした。私はこれから少し忙しいので、お先に失礼します」

まだ何か言いかけたモリーさんの言葉を遮り、俺は立ち上がる。

食器をのせたトレイを手に持って、片付けのために配膳カウンターへと向かう。

「おい！　グレイ！」

モリーさんの気遣いや優しさはありがたいけど、今はただ仕事に集中していたい。

そうすれば、頭の中に浮かぶ馬鹿な期待を忘れられる。

もうこれ以上は何も、考えたくはなかった。

◇

食堂を出て、アリシア様の自室に向かう途中。

「ん……？」

廊下に点々と、小さな土の塊が落ちているのを見つけた。

おかしいな。今日は婚約者の方がいらっしゃるということで、屋敷の掃除はいつもより念入りに済ませていたはずなのに……

「後でモリーさんに伝えておくか」

そこまで気に留めることではないと判断し、俺はそのまま先を急ぐ。

そして目的地であるアリシア様の部屋へ到着すると、いつもと同じようにノックを三回。

「………？」

あれ、おかしいな。返事がない。

最近はずっと、俺が来るよりも先に起きて身支度を済ませていたというのに。

「失礼致します」

ガチャリとドアノブを回し、俺は部屋の中に足を踏み入れる。

てっきり、久しぶりに寝過ごしたのだろうと思ったのだが……

「おはよう、気持ちの良い朝ね」

「あっ、えっ……そう、ですね」

アリシア様はすでに起きていた。

ネグリジェ姿のまま、化粧台前の椅子《いす》に座っており、こちらに顔だけを向けている。

「どうしたの？　ボーッとしていないで、早く髪をセットして頂戴」

「は、はいっ！　少々お待ち下さい！」

促されるままに、俺は慌ててアリシア様の背後へと回った。

化粧台の引き出しから取り出した櫛《くし》で、久しぶりに触れたアリシア様の髪を梳《す》く。

絹のようにサラサラの質感で、きめ細やかな金髪。

櫛を動かすたびに、花弁を思わせる良い香りも漂ってくる。

「……今日は起きるのが遅かったのですか？」

「違うわ。貴方《あなた》が部屋に来るのが普段よりも早かっただけよ」

「…………」

気まずい空気が流れる中、俺は黙々とアリシア様の髪をセットしていく。

そうしていると、アリシア様の方から俺に声をかけてきた。

「ねぇ、グレイ。お父様が用意した婚約者って、一体どんな人だと思う？」

「……きっと、素敵な男性だと思いますよ」

「顔合わせ当日まで顔も名前も伏せるなんて、何か企《たくら》んでいるに決まっているわ。お父様はそういう人なのよ」

たしかにお嬢様の言うように、ディラン様はあの日以来一度も別邸を訪れず……婚約者についての情報は未《いま》だに謎に包まれたままだ。

アリシア様の言うように、何か裏がある可能性はある。

「もしも、ワタクシに相応《ふさわ》しくない婚約者だった場合は……」

「はい。私が絶対に、アリシア様をお守りします」

「だとしたら安心ね。お父様が過去に選んできた相手の中に、まともな男なんて一人もいなかったんですもの」

アリシア様はそう答えると、髪をセットしている俺の手を握り……自分の頰《ほお》に押し当てる。

「……ごめんなさい。最近ずっと、貴方《あなた》を避けてしまっていたわよね」

「いえ、大丈夫ですよ。本来、それが正しい距離感なんですから」

「ううん、そんなの嫌よ。だから……もう少し、あともう少しだけ待っていて。そうしたら必ず、ワタクシの方から貴方に……」

鏡越しに重なる視線。

その瞳は俺に何かを訴えかけようとしているように感じたが……

「お嬢様、マヤでございます」

コンコンコンッ。部屋の扉が突然ノックされて、マヤさんの声が聞こえてくる。

「失礼します。準備の進み具合を確認しに来ました」

「ふん。本当は、ワタクシが逃げないように監視しに来たくせに」

入室してきたマヤさんを睨《にら》み、吐き捨てるように呟《つぶや》くアリシア様。

「なんとでもおっしゃってください。もうじき、旦那《だんな》様もご到着されますよ」

「……ええ、分かったわ」

先程、何かを言いかけていたアリシア様であったが、完全にタイミングを逃したのか。

その後は一切口を開くことなく、マヤさんに監視されながら俺にメイクされるのだった。

◇

元々、世界一お美しいアリシア様を、新しいドレスと気合いの入ったメイクでその美貌を人類史上最高位にまで押し上げた後。

婚約者の到着を待つべく、俺とアリシア様は屋敷の玄関に並んで立っている。

当初アリシア様は面倒そうにしていたが、やってきたディラン様がどうしてもお出迎えしろというので渋々従っている様子だ。

「まだ来ませんの？　レディをこんなに待たせるなんて……」

「何を言うアリシア。約束の時間まで十分以上あるのだぞ」

「あらあら。余りにも気が乗らないので、時が過ぎるのが遅く感じて仕方ありませんわ」

ツーンという態度で、ディラン様にそっぽを向くアリシア様。

ディラン様は呆《あき》れたような顔をしていたが、ここで何かを言って機嫌を損ねては面倒だと判断したのだろう。それ以上は何も言わなかった。

「旦那《だんな》様！　正門に馬車が到着したようです！」

と、ここで玄関の扉を開けてメイドの一人が報告にやってくる。

どうやら例の婚約者とやらは、約束の十分前には到着するタイプであるらしい。

「……これはまぁ、随分なせっかちさんですのね。紳士たるもの、約束の五分前くらいに到着するのが常識だと思いますわ」

「つい先程までは、待つのを嫌がっていたではないか」

「ええ。会いたくもない人物を待つなんて、無駄な時間を過ごしていたのだから当然ですわ」

何がなんでもイチャモンを付けるのを目的としているのか、アリシア様は不機嫌そうな表情で言い放つと……くるりと玄関に背を向けた。

「アリシア、どこへ行くのだ！」

「なんだか興が削《そ》がれましたの。お会いになるのなら、お父様だけで――」

ディラン様の引き止める声も聞かず、アリシア様が二階に続く中央階段に足を乗せようとした……その時であった。

「おや、それは悲しいな。ボクは君に会える時を楽しみにしていたのに」

扉が開かれたままの玄関先から、男性の声が聞こえてくる。

その声に導かれるように視線を向けると、そこには一人の男性が立っていた。

「すまない。一秒でも早く君の顔が見たくて、正門から急いで走ってきてしまったよ」

男性はそう言葉を続けると、ゆっくりこちらへと歩いてくる。

言動からして、この方がアリシア様の婚約者……なのか？

「しかし驚いたな。前に見た時よりも、さらに美しくなっているなんて……」

年齢は……二十代の後半くらいだろうか。身長は俺よりも少し高く、スラッとした体型。

顔は俺が今まで見てきた男性の中で、ナンバーワンだと断言できるハンサムさ。

ウェーブがかった長い金髪を首元で一本結びにしていて、それがまた持ち前の甘いマスクに魅力を与え、優雅な気品を漂わせている。

「貴方《あなた》は……！」

そんな彼の顔を見たアリシア様が、驚いたように声を漏らす。

その反応が嬉しかったのか、男性はニッコリと爽やかな笑みを浮かべている。

「良かった。ボクのことを覚えていてくれたんだね」

「まさか、貴方がワタクシの婚約者だっていうの……？」

「ああ、そうだとも。ボクはずっと、君に恋い焦がれていたんだよ」

男性は自分を婚約者だと認めると、キザな微笑《ほほえ》みを浮かべてその場に片膝をつく。

そして胸元のポケットに挿《さ》していた一輪のバラをアリシア様へと差し出した。

「わぁっ……素敵な方……」

周囲で様子を見守っていたメイドの一人が、そう呟《つぶや》いたのを皮切りにして。

次々と使用人たちが婚約者に対する称賛の言葉を口にしていく。

「お二人とも、美男美女でお似合いね」

「お嬢様が羨《うらや》ましい……！」

パチパチパチパチ。盛大な拍手喝采が屋敷中に響き渡る。

使用人の中で、それに参加していないのはモリーさんとメイ……そして俺だけだ。

「……悪いけど、その花を受け取るつもりはないわ」

アリシア様は差し出されたバラを、鬱陶《うっとう》しそうに左手で払い除ける。

「なんという無礼な真似《まね》を！」

「いえいえ、お気になさらず。元はと言えば、このような不意打ちをしてしまったボクの方が無礼なのですから」

婚約者の男は怒り心頭のディラン様を制しながら、ゆっくりと立ち上がる。

その時に彼の腰に差してある二本の剣の鞘《さや》がぶつかり、カランと音を立てた。

「……剣？」

普通の貴族はあんな風に、剣を持ち歩くような真似はしない。

そうなると彼は間違いなく、貴族出身の騎士なのだろう。

「…………っ」

俺が手に入れることのできなかった騎士の座……そしてアリシア様。

その二つを手にしようとしている貴族の美青年。

そんな彼を見つめる俺の瞳が、おのずと鋭さを増していく。

その視線に気付いたらしい婚約者は、こちらを向いて柔和な笑顔を浮かべる。

「おっと、これは失礼。アリシアに会えた喜びで、ボクとしたことが使用人の皆さんへの自己紹介を忘れておりました」

そして片手を胸の前に添えて、深く頭を下げる。

お辞儀一つ取っても、生まれ持った気品と優雅さが溢《あふ》れてやまない。

案の定、メイドたちの大勢が嬉しそうにキャーキャーと歓声を上げていた。

「ボクの名はグラント・ドゥラメンス。普段は騎士学校にて教鞭《きようべん》を振るう、しがない伯爵卿です。他には取り立てて、紹介することもありませんが……」

「あるじゃない。一回り近く年下の従妹《いとこ》に求婚するロリコンだって」

アリシア様のツッコミで、色めき立っていた空気が一瞬で凍り付く。

「ずっと恋い焦がれていたとか言っていたけど、最後に会って話したのは数年前よ。その時からワタクシに惹《ひ》かれていたなんて、ただの変態じゃない」

仮にも婚約者──それも従兄《いとこ》を何の躊躇《ためら》いもなく変態ロリコン扱いするとは……【氷結令

嬢》との異名を持つだけあって言葉のナイフは切れ味抜群だ。

「アリシア！　なんという暴言を……！」

「ロリコン、か。確かにそう思われても仕方無いかもしれないね。だけどアリシア、ボクは君と結婚できるのなら……どのような汚名や罵倒《ばとう》も甘んじて受け止めよう」

激昂《げきこう》するディラン様とは対照的に、グラント様は少しも気にしていない様子だった。

「しかし、これだけは信じて欲しい。ボクは年下の子が好きなんじゃない。君という女性を真剣に愛している。仮に君とボクの年齢差が逆であっても、同じことを言うだろう」

それどころか、耽美《たんび》な顔に僅《わず》かばかりの憂いを秘めた表情で愛を囁《ささや》くグラント様。

またしてもメイドたちの黄色い歓声が沸き起こるが、先程よりも遥かにその量は多い。

「どうだアリシア。グラント君はこんなにもお前を愛してくれているのだぞ」

「どうもこうもありませんわ。ここまで好かれる理由が分からない以上、どれだけ求愛されようと気色悪いだけですのよ」

「お前はまたそうやって……！」

「構いませんよ、叔父上《おじうえ》。アリシアの気持ちが靡《なび》かないのは、まだまだボクのアプローチが足りていないという証拠でしょう」

一歩前に歩み出たグラント様が、アリシア様の右手を摑《つか》む。

さらに続けて、自身の唇をアリシア様の手の甲へと近付けていく。

「離して……！」

不愉快そうに抵抗し、手を振りほどこうとするアリシア様だが……男の力には勝てない。

このままではマズイ。そう思った俺は二人の間に割って入った。

「お待ち下さい！」

「あっ、グレイ……！」

アリシア様とグラント様の手を引き剝《は》がしながら、俺は後ろ手にアリシア様を庇《かば》う。

心臓はバクバク。頭の中はほとんど真っ白だ。

「ん？　なんだ君は……？」

「貴様、何をしている!?」

不思議そうに俺を見つめるグラント様と、俺の横槍《よこやり》に激怒しているディラン様。

正直、震えるほどに怖い状況だが……俺は必死に声を絞り出した。

「お、恐れながら。今のアリシア様は……まだ婚約に対して後ろ向きのご様子。不用意に迫っては、逆にアリシア様のお心を閉ざしてしまう可能性がございます」

「なんだと？」

「ディラン様。ご婚約を無事に成立させるためには、アリシア様に心を開いて頂かねばなりません。ですから、ここは何卒《なにとぞ》……アリシア様のお気持ちを汲《く》んで頂けないでしょうか？」

その場に両手両足をつき、俺は土下座の格好でディラン様に懇願する。

下手《へた》をすればクビ……いや、牢屋《ろうや》送りも有り得る状況。

だが、俺にとって何よりも恐ろしいのはアリシア様が傷付くことなんだ。

「しかしそれでは、グラント君の立場が……」

「ハハハハハッ！　いやはや、これは一本取られてしまったようですね」

ディラン様は俺の説得に難色を示されていたが、一方のグラント様はというと……土下座を続けている俺の肩に手を乗せてきた。

「君の言う通りだ。的確なアドバイスに感謝するよ」

「は、はぁ……？」

頭を上げると、グラント様は俺の腕を引きながら助け起こしてくれる。

てっきり、アプローチを邪魔したことを恨まれているかと思ったのだが。

「ところで、君は一体……？」

「失礼しました！　私はアリシア様の専属使用人を務めているグレイと申します！」

「アリシアの専属使用人……ああ、噂《うわさ》は耳にしているよ」

俺の名を口にした瞬間。グラント様の目がスッと細くなった気がしたが……それも一瞬。

彼はとても親しげな態度で、俺の背中をポンポンと叩いてくる。

「以前、舞踏会で君たちが起こした騒動の話さ。あの【氷結令嬢】を必死に庇い、貴族に盾突《たてつ》いた平民の使用人がいると……貴族たちの間では有名なんだよ」

「そうだったんですか……」

「主人の名誉のために、命を懸けられるとは素晴らしい。君はまさしく使用人の鑑《かがみ》だ」

「ふふーん。グレイが凄《すご》いのではなく、ワタクシの教育の賜物ですわ」

俺が褒められて鼻が高いのか、アリシア様が得意げに鼻を鳴らす。

あの時はまだ、アリシア様の専属使用人ではなかったんだけど……まぁいいか。

「……」

グラント様が俺を褒めたせいで、表立って叱りつけることができなくなったせいか。

口をへの字に曲げたディラン様が、こちらを忌々《いまいま》しげに睨《にら》んでいた。

あれ、なんだろう？　この表情……前にどこかで見た覚えがあるような。

「……この話はもうよい。グレイ、お前はもう下がれ」

「は、はい」

「いつまでもこんな場所で立ち話を続けるわけにもいくまい。場所を変えようではないか」

「ちょ、ちょっと！　お父様！　ワタクシはグレイと……！」

両手を叩いて鳴らし、場の空気を仕切り直す旦那《だんな》様。

話し合いの場所を応接室へと移すつもりらしく、半ば強引にアリシア様とグラント様を押しやるようにして廊下を進んでいく。

「……ねえ、さっきのアレ見た？」

「ああ。いくらなんでも必死過ぎねぇか、アイツ」

「あんな邪魔をするなんて、お嬢様の婚約を邪魔するつもりなんじゃない？」

アリシア様たちがこの場を離れた途端、周囲の使用人たちからヒソヒソ声が漏れ始める。

内容はほとんど、アリシア様とグラント様の間に割って入った俺への非難だ。

「違います！　グレイさんは本当にアリシア様を案じて！」

「お嬢様は嫌がっていたんだぞ？　いきなり手にキスとかありえねぇだろ！」

メイとモリーさんが咄嗟《とっさ》に反論するも、他の者たちの反応は芳しくなかった。

「はぁ？　嫌よ嫌よも好きのうちって言葉を知らないわけ？」

「あーあ、本当に最悪。これで二人の婚約が破断になったら、グレイのせいじゃない」

「身の程を弁《わきま》えろっつぅの。専属使用人だからって、調子に乗ってるんでしょ」

特に女性陣……メイドたちはすっかりグラント様のファンになってしまっているらしく、俺への明確な敵意を隠そうともしない。

「お前らなぁ……！」

「いいんです。俺は気にしていませんから」

なおもモリーさんは俺を庇《かば》おうとしてくれたが、これ以上は何を言っても不毛だ。

どう言い訳しようとも、俺が二人の間に水を差したのは事実だからな。

「でもよ！　アイツらはお前とお嬢様の関係を……！」

「静粛に」

喧騒《けんそう》を切り裂くように、パンッと乾いた音が鳴り響く。

音がした方を見ると、そこには両手を胸の前で合わせたマヤさんが立っていた。

「いつから貴方《あなた》たちの業務は、くだらぬ言い争いになったのでしょうか？」

「「「「！」」」」

有無を言わせぬ、静かな怒りに満ちた叱責。

全員が気まずそうな顔で、そそくさと散らばっていく。

「あ、ありがとうございます」

「別に貴方を庇《かば》ったわけではありませんよ。当然の指摘をしたまでです」

俺がお礼を口にすると、マヤさんはフッと笑いながら首を振る。

「それよりも、いつまで主人を放っておくつもりですか？」

「あっ……！　そそ、そうですね！」

「もっとも、私も旦那《だんな》様に置いていかれたので……君のことをとやかく言えませんが」

そう続けるマヤさんは怒っているというより、どこか落胆しているように見えた。

もしかすると、彼女もまたこの婚約に思うところがあるのだろうか。

「急いで旦那様たちに追いつきましょう」

「はいっ！」

マヤさんに背中を押される形で、俺はしっかりと前を向く。

まだ胸のモヤモヤが消えたわけじゃないけど、ここで悩んでいたって何も変わらない。

とにかく今は、あの方の傍《そば》にいよう。そして全てを見届けるんだ。

そう決意して、俺はアリシア様たちの後を追いかけるのだった。

◇

アリシア様とグラント様の顔合わせを強引に進めるべく、ディラン様はお二人を屋敷の応接室へと案内していた。俺とマヤさんも、そんな皆様に続く形で応接室へと足を踏み入れる。

高名な画家が描いた絵画や、金製の燭台《しょくだい》などが並べられた豪華絢爛《けんらん》な空間は……未《いま》だに足を踏み入れただけで寿命が縮まる思いがする。

「……この紅茶は、ダジリスの葉を使っていらっしゃるのですか？」

「分かるかね。私は少々紅茶にうるさくて、最近はダジリスを気に入っているのだよ。グラント君も普段から紅茶を嗜《たしな》んでいるのかな？」

「恥ずかしながら、学校ではコーヒーばかりを口にしていますよ」

「ハハハッ、それで違いが分かるのなら、十分に凄《すご》いじゃないか」

紅茶を一口飲んで銘柄を当てる。俺にはどう足掻《あが》いても真似《まね》できない知識と教養で、旦那様から褒められているグラント様。

一方、そんな彼の正面に座っているアリシア様はというと、会話に混ざろうともせず……お茶請けに出されたザッハトルテを黙々と食していた。

「おい、はしたないぞアリシア」

「ごめんあそばせですわ。余りにも退屈で、ケーキくらいしか楽しみがありませんの」

「お前という奴は……」

ハッキリと嫌味を口にするアリシア様に、ディラン様が呆《あき》れた声を漏らす。

「アリシアの言う通りだ。ボクと叔父《おじ》上が盛り上がっても、肝心の君を楽しませられないのなら意味がない」

「不可能だと思うわよ。昔から、貴方《あなた》の話に笑ったことなんて一度もないもの」

「ははは、そうだったね。何度も君に気に入られようとしたんだけど」

グラント様はアリシア様の棘《とげ》のある言葉に動じず、その笑みを崩そうとはしない。

「良かったら、君の好きな話題を教えてくれないかい?」

「まぁ、女性に直接そのような質問をするなんて。恥も外聞もありませんのね」

「君を手に入れるためなら、どんな手も使うさ。それぐらい、ボクは君に恋い焦がれている。男としてのプライドがどうなろうとも……君が欲しいんだ」

真剣な眼差《まなざ》しで、直球ストレートな愛の言葉を囁《ささや》くグラント様。これほどのハンサムから、こんなにも熱烈なアプローチを受けて……心が揺らがない女性が存在するのだろうか。

「まぁ、素敵ですわね（棒読み）。その執着心と考え方は、どこかの誰かにも見習って欲しいものですわね……（憤怒）」

呟《つぶや》きながら、アリシア様がとんでもなく怖い形相で背後の俺を睨《にら》み付けてくる。

遠回しにこう言っているのだろう……『貴方もグラントのように、手段を選ばず、破滅すらも覚悟しなさいよ。ワタクシへの想いはその程度なの？』……と。

「へぇ？　君にそんな言葉を言わせる男がいるなんて……妬けるね」

「グラント君、これは娘なりの冗談で……！」

「いえいえ、お気遣い頂かなくても大丈夫です。むしろ逆にやる気が出てきましたよ。この一週間の間に必ずや、アリシアの心を手に入れてみせると」

「一週間……ですって？」

俺もアリシア様も、どうやら同じ場所に引っ掛かりを覚えたようだ。

一週間とは、一体どういうことなのだろう？

「おや、叔父上。まだ彼女には伝えていなかったのですか？」

「ああ。先に言えば反対されるのが目に見えていたからな。今日はあくまでも、顔合わせという体にして、君の名も、例の件も伏せていたのだ」

「……そうでしたか。では、ボクの口から直接伝えるとしましょう」

グラント様は納得したように頷《うなず》くと、服のポケットに手を入れる。

「アリシア、ボクと君が結ばれることは決定事項なんだ。だからボクはこれからオズリンド邸で暮らし、君との関係を深めようと思っている」

そう言いながら取り出したのは——手のひらよりも小さいサイズの真っ黒な小箱。

パカッと開かれた中にはキラキラと眩《まばゆ》い光を放つ、ダイヤモンドの指輪が入っていた。

「そして一週間後、ボクと君は婚姻の儀式を執り行う」

「「なっ……!?」」

俺とアリシア様は、唐突に告げられた衝撃の言葉に絶句するしかない。

しかし、そんな俺たちの顔を見ても……グラント様はまるで動じる様子を見せずに。

「どうかボクと結婚して欲しい」

勝ち誇ったような表情で微笑《ほほえ》むのだった。

✦幕間✦　お姉ちゃんとの思い出④

夜空に紅い満月が輝く夜。今でも、その日のことは鮮明に覚えている。

「グレイ。貴方《あなた》に最後の特訓……いいえ、試練を与えますわ」

あの時、姉さんは一体どんな気持ちだったのだろう。

実の父親から『十歳になったら、夜の店に売りつける』と言い渡されて——

「私は家を出ようと思っていますの。恐らく貴方とは、もう二度と会えなくなるわ」

「お姉ちゃん……嫌だよ……行かないで。それか、ボクも一緒に連れていってよ」

「貴方を連れていっても、ここに残っても。私は間違いなく不幸になりますのよ。私が幸せを摑《つか》むためには、貴方に我慢してもらうしか方法がありませんわ」

幼い子供二人だけで生きていけるほど、この世界は甘くない。

「グレイ、貴方は……私の幸せと自分の幸せのどちらを選びますの？」

「ボクは……ボクは……」

もしもあの時、違う決断をしていたら……俺の運命は変わっていたのだろうか。

第五章　これがワタクシの覚悟なのよ

「あああああああっ！　もうっ！　本っ当に最低最悪だわっ！」

グラント様がアリシア様に半強制的なプロポーズをしてから……数十分後。

怒りに怒るアリシア様は、自室のベッドで半狂乱になっていた。

「おやめください。そんな乱暴な真似《まね》をしては、ゲベゲベが可哀想《かわいそう》です」

頭をガッチリと掴《つか》まれ、ブンブンと振り回されているゲベゲベを救うべく、俺はアリシア様を止めに入る。するとアリシア様はピタッと動きを止めて、こちらへ振り返った。

「フーッ、フーッ、フーッ……！」

「お、お水でもお持ちしましょうか？」

「……座りなさい」

冷たい空気に耐え切れず、逃避も兼ねて水を取りに行こうとしたのだが……アリシア様はベッドの端をポンッと叩き、俺に座るように命じてくる。

言われた通りに俺が座ると、その隣にアリシア様も腰を下ろしてきた。

肩が触れ合うほどの距離で隣同士に座り合い、またしても気まずい沈黙が流れる。

「……あの」

「黙って」

「はい」

「……膝を借りるわよ」

口を開きかけた俺を問答無用で黙らせたアリシア様は、そのまま寄り掛かってきて……ズルズルと頭を俺の膝の上に乗せてきた。

「撫《な》でなさい」

やめてくださいと俺が止める間もなく、追加命令が飛んでくる。

どうしようもないので、俺は言われた通りにアリシア様の頭を撫で始めた。

「ねぇ、グレイ。ワタクシ……プロポーズされちゃったわ」

「ええ、ちゃんと見ていましたよ」

「ふふっ、おかしな話よね。大好きな人の目の前で、好きでもない男にプロポーズされて……それを断ることが許されないなんて」

ギュッと、アリシア様が俺の太もも辺りのズボンを握り締める。

「アリシア様はオズリンド家のご令嬢ですから」

「……そうね。今まで貴族として贅沢な暮らしを続けてきたんですもの。お家のために、お父様の決めた相手と結婚するのがワタクシの使命に違いないわ」

自嘲《じちょう》気味に呟《つぶや》くアリシア様の声は震えていた。

頭では分かっていても、体が、心が……嫌がっているのが十二分に伝わってくる。

こんな時、俺は何を言うのが正解なのだろうか。

「ですが、グラント様は……アリシア様をとても愛してくださっているようでした」

「……それで？」

「貴族の世界には、愛の無い政略結婚も多いと聞きます。それに、グラント様は容姿端麗で、地位も確かで、その才覚もディラン様に認められるほどのお方じゃないですか」

政略結婚には変わりない。でも、そこには愛がある。

グラント様は誰の目から見ても、とても素晴らしい人物であることは疑いようがない。

要するに、アリシア様の婚約者として相応《ふさわ》しい相手なのだ。

「だから、好きでもない男と結婚しろって言うの？　ワタクシがあの男と結ばれて、口づけを交わし、体を重ね、子供を宿しても……貴方《あなた》は平気だと言うの？」

「っ！」

嫌だ。そんなことを考えただけで、怒りと嫉妬で目の前が真っ赤になる。

誰にだって渡したくない。アリシア様に触れていい男は俺だけだと叫びたい。

しかしそれでも。俺がどれだけアリシア様を愛していようとも。

平民である以上、引き下がるしかないんだ。

「……平気、ですよ」

苦しい。

胸が張り裂けそうだ。

「むしろ……喜ばしいと、言いますか」

それでも耐えろ。耐え抜いて見せろ。

愛する人の——アリシア様の幸せのために。

「何を……言っているの……？」

俺の膝から起き上がったアリシア様が、とても信じられないという様子で俺を見る。

「どこからどう見ても、お二人はお似合いですよ。もしかすると本当に、一週間の間にグラント様に心を奪われてしまうかも……」

「やめてっ！」

パァンッという乾いた音と共に、頬《ほお》に走るジンジンとした痛み。

傾いた視界を戻し、視線を下に向けると——涙目のアリシア様が俺を見上げている。

「どうして……？　どうしてそんなにも酷《ひど》いことを言うのよ？」

「アリシア様、私は……」

「……出ていって」

視線を俺から逸《そ》らしたアリシア様は、枕に顔を埋めるようにして倒れ込んでいく。

「叩いてしまったことは謝るわ。だからお願い……しばらく一人にして」

「………はい」

俺はベッドから立ち上がり、まっすぐに扉の方へと進む。

ドアノブを回し、扉を開いた瞬間……背後から泣きじゃくるような嗚咽《おえつ》が聞こえて来た。

「っく……うぅっ、うぇぇぇ……」

それを聞かなかったことにして、俺は廊下へと逃げ出した。

後ろ手で閉めた扉にもたれ掛かるようにして……俺はそのまま床にへたり込む。

「これで満足かよ……俺」

最低な自分への嫌悪感を抱きながら、呆然《ぼうぜん》と窓の外を眺めた。

沈みきった心への皮肉か、雲一つ無い夜空には満天の星々が光り輝いている。

「……」

気が付けば、背後からの泣き声はもう聞こえなかった。

◇

アリシア様を泣かせてしまった夜が明けて、小鳥のさえずりが聞こえる朝。

「おい、グレイ！　さっさと起きろっての！」

「……うぅん？」

ゆさゆさと、激しく体が揺さぶられる感覚。

まどろむような意識の中、俺は自分を呼ぶ声に応えるように……ゆっくりと目を覚ました。

「モリーさん？」

「もう朝だぞ。お前がいつまで経っても朝食に来ないから、心配で様子を見に来たんだ」

開いた視界に映るのは、見慣れた自室の天井をバックにして、俺の顔を覗《のぞ》き込んでいるモリーさんの不安げな表情。どうやら俺は寝坊してしまったようだ。

「朝食は主人が起きる前、昼食と夕食は主人が終えた後。使用人の基本だろうが」

「……すみません。すぐに準備します」

俺は急いで起き上がると、寝ぼけ眼《まなこ》を擦りながら仕事着へと着替える。

「お待たせしました。食堂へ向かいましょうか」

「おう！　もうすっかりお腹《なか》がペコペコだぜ」

準備を終えた俺はモリーさんと一緒に廊下へと出る。

すると、使用人たちが右から左へ……忙《せわ》しない様子で駆け回っている場面に遭遇した。

「うわぁ、相変わらずですね」

「ああ、どいつもこいつも張り切っちゃって。全部、あの方の影響なんだろうけどさ」

アリシア様の婚約者であるグラント様が屋敷に滞在されるようになってから五日目。

屋敷の雰囲気は以前と比べて、大きく変わっていた。

次期当主の最有力候補である彼に気に入ってもらえれば、将来が安泰になる。

誰もがそうした考えのもと、グラント様へのアピールに必死というわけだ。

「俺以外の掃除係なんて、血眼《ちまなこ》になって汚れを探して回っているよ。昨日なんか、俺が掃除した後の廊下に土が落ちていたって騒動にもなってさ」

「廊下に土、ですか。そういえば前に私も見かけましたよ」

「換気のために開けた窓から、なんかの動物でも入り込んだのかねぇ……あっ」

と、何気なく窓の外を見たモリーさんが声を上げる。

何事かと俺も視線を向けてみると、そこには……思わぬ光景が広がっていた。

「あそこにいるの、アリシア様とグラント様じゃないか？」

窓から見える中庭の方で、絶世の美男美女である二人が向かい合って会話をしている。

ここからだと何を話しているのかは分からないが、グラント様の方が笑顔で話し、それにアリシア様が相槌《あいづち》を打っているという感じだ。

「おいおいおい。いくらなんでも、こんなにも早い時間から二人きりで……」

「……いや、よく見てみると近くにメイがいますよ」

キラキラしたオーラを纏《まと》う二人が目立ち過ぎるせいか、すっかり影が薄くなっているメイ。

彼女は珍しくむすっとした無表情で、アリシア様の斜め後ろに待機していた。

「ねぇねぇ、見て！　あの二人、本当にお似合いよね」

「グラント様って、いつ見ても格好良くて絵になるわ」

俺たちが見物していたことで、周囲も中庭での逢瀬に気付いたらしく。

使用人の中でも、特にグラント様を崇拝している——通称【グラント様ファンクラブ】のメンバーたちが、こぞって黄色い声を上げ始めた。

「あっ……」

その声でアリシア様たちも、俺たちに気が付いたようだ。

まずアリシア様は俺の方を見ると、どことなく気まずそうに両手を後ろに隠した。

なんだ？　何かを隠したのか？　グラント様からの贈り物、とか？

「「「「きゃあああああああああああああああああっ！」」」」

「うっ!?」

とんでもない声量の歓声に、俺は思わず両手で耳を覆う。どうやらグラント様がこちらに向かって手を振ったせいで、ファンクラブの連中が大興奮状態のようだ。

俺とモリーさんはたまらず、急いで廊下の奥へと駆けていく。

「たくっ、ちょっとは周りのことも考えろよ！」

「しかし、とんでもない人気ですね」

「ああ。俺もお前とアリシア様のラブラブっぷりを知らなければ、あの人を応援してもいいと思えるよ。それぐらい、隙《すき》の無い完璧《かんぺき》超人だ」

「ラブラブって……私とアリシア様はそんな」

「……はぁ」

やんわりと否定すると、モリーさんは心底呆《あき》れた顔で溜息を漏らす。

「あのなぁ、そんなことを言っている場合か？　二人の婚姻の儀式まで、もう残り二日だぞ」

「分かっていますよ。だけど、平民の私に何が……」

「違う。お前が相応《ふさわ》しいかどうかなんてどうでもいい。今大切なのは、アリシア様がグラント様と結ばれて幸せになれるかどうか、じゃないのか？」

バシンッと、モリーさんの力強い喝が俺の肩を叩く。

「しっかりしろよ。昔のお前は、もっとまっすぐだったぞ」

「昔の……自分」

そうだ。専属使用人になりたての頃は、あの人の気持ちを理解しようと必死だった。

彼女の評判だけを鵜呑《うの》みにし、傷付ける人たちから守り抜くのだと決意した。

それなのに俺は今、グラント様のスペックだけで……アリシア様に釣り合うと、お似合いなのだと思い込んでいた。アリシア様の気持ちを……少しも理解しようとしていなかった。

「そうですね。今のままじゃいけないですよね」

モリーさんに背中を押され、自分が何をすべきか分かってきた気がする。

「じゃあ、私はアリシア様の元へ……」

アリシア様に会いに行くことを決意し、俺が一歩踏み出そうとした瞬間。

「お、いたいた。グレイ君、ようやく見つけたよ！」

突然背後から、聞き覚えのある声に名前を呼ばれる。

「さっきはすまなかったね。騒々しい場面に巻き込んでしまって」

そこに立っていたのはグラント様だった。

さっきまで中庭にいたというのに、わざわざ俺に話しかけるために追いかけてきたのか？

「実は君に相談したいことがあってね。これからボクと君……二人だけで話をしないかい？」

あまりにも唐突過ぎる誘いの言葉。

隣を見るとモリーさんは青ざめた顔でブンブンと首を横に振っていた。

気持ちは分かる。しかしこれは、またとない機会でもある。

「かしこまりました。私もグラント様とお話をしたいと思っておりました」

「あはっ、それは嬉しいね。じゃあ、よろしく頼むよ」

ニコニコと微笑《ほほえ》むグラント様に連れられて、俺は人気《ひとけ》の無い場所へと移動するのだった。

◇

「ハッキリと言おう。ボクは君が憎くて堪《たま》らないよ」

グラント様の呼び出しに応じ、彼の滞在する客室へと入室した直後。

向かい合う椅子《いす》の片方に腰掛けながら、グラント様はそう言い放った。

「理由は勿論《もちろん》、分かっているだろう？」

「……先に言っておきますが、私とアリシア様はそのような関係ではございません」

「それくらい理解しているさ。しかし君が彼女にとって特別であることは間違いない。ボクとしては、その事実が非常に妬ましいんだ」

「……仮にそうだとしても、私には何もできませんよ」

「ならば、ボクと彼女の関係が進展することを応援してくれるのかい？」

ジィッと、グラント様が俺の瞳を見つめてくる。

そこには疑う素振りや、嫌悪のような感情の色は見えない。

「私はアリシア様の専属使用人として、アリシア様の幸せだけを願っております。恐れながら、グラント様があの方に相応《ふさわ》しい婚約者かどうか……まだ判断が付きかねます」

「なるほど、ね。では、私はどうすれば君に認めてもらえるのかな？」

「……では、私の質問にお答え頂けないでしょうか？」

「いいとも。天地神明……いや、偉大なる国王陛下に誓って、嘘《うそ》偽りなく答えよう」

「貴方《あなた》はアリシア様を本当に愛しておられるのですか？」

グラント様の瞳を、今度は俺がまっすぐに見つめる。

もしも彼が嘘や誤魔化《ごまか》しを口にしているのなら、俺はそれを見破る自信があった。

「愛しているさ。君と彼女が出会うよりも、ずっと前からね」

「……」

「ボクと彼女は少々、複雑な関係でね。従兄妹《いとこ》とは言っても、実際の血縁関係は無いんだ。そしてそんな彼女と出会ったのは……ボクの成人記念パーティーだった」

ポツリポツリと、過去の思い出を語り始めるグラント様。

「当時はまだ幼かったが、彼女の美しさは群を抜いていた。そしてその立ち居振る舞いや、凛《りん》とした姿に……ボクは興味を惹《ひ》かれたんだよ」

「……」

「様子を見守っていたら、彼女は他の令嬢と揉《も》め始めたんだ。周囲の人たちは誰もが、アリシアの表面的な態度を見て『悪いのはアリシア』だと決めつけていたようだけど……ボクは彼女の本心が他にあると感じたのさ」

「っ!!」

同じだと思った。この人は俺と同じようにアリシア様の騒動を目撃し……その中で彼女が実は心優しい乙女《おとめ》であると知ったのだ。

「それからはもう、彼女のことばかり考えるようになってしまってね。かなりの年齢差があるから、アプローチするのは彼女が大人になるまで待とうと思っていたが……」

「…………」

「君には本当に申し訳ないと思う。だけど君と違って、ボクならば彼女を幸せにできる。だから、アリシアの幸せを願うのなら……協力して欲しい」

グラント様はそう言うと、椅子《いす》から立ち上がって俺に頭を下げてきた。

貴族である彼が、平民の使用人にこんな真似《まね》をするのはあり得ないことだ。

「彼女に今すぐボクを好きになって欲しいとは言わない。ただボクを避けず、向き合ってくれるようにと伝えてくれないか？　そうすれば、後は自分の力で彼女の心を手に入れてみせる」

子供の頃から、クソッタレな親父からの虐待に怯《おび》えて育ってきたせいか。

人の敵意や悪意に対しては、とても敏感に察知できるようになった。

そんな俺の目から見ても、グラント様は一切嘘《うそ》を吐いていない。つまり彼は本気でアリシア様の内面に惚れ込んでおり、彼女を幸せにしようと思っているのだ。

「……グラント様のお気持ちは分かりました」

「おお、グレイ君！　それなら……」

「ですが、もう少しだけ時間をください」

顔を上げたグラント様が、俺に右手を差し出してきたが……俺はその手を握らない。

「分かったよ。君にも、気持ちを整理する時間が必要だろうからね」

差し出した手を引っ込めて、グラント様は微笑《ほほえ》む。

その顔はすでに、俺の協力を得られると確信しているように見えた。

「ただ、これだけは忘れないでくれ。君では決して、彼女を幸せにはできない」

退出しようと立ち上がった俺の背中に、グラント様は忠告の刃を突き立てる。

俺は振り返らずに、そのまま扉のノブに手を掛けた。

今はただアリシア様の顔が見たい。ただ、その一心が俺を動かしていた。

◇

グラント様との話し合いを終えた後、俺は朝食を抜いてアリシア様の部屋へと向かう。

駆け足気味で廊下の角を曲がり、なおも急ごうと足の回転を上げようとして……

「あっ……グレイ」

アリシア様の部屋の前。

扉に背中を預けるようにしてもたれかかっているアリシア様と遭遇した。

「遅いじゃない。どこへ行っていたのよ」

ぷくぅっと頰《ほお》を膨らませて、こちらへ歩み寄ってくるアリシア様。

見慣れた光景。普段と同じ、わがままで甘えん坊なアリシア様の姿がここにある。

「ちょっと野暮《やぼ》用で」

「ふーん？　ちょっとした野暮用《やぼよう》を、このワタクシよりも優先したというの？」

「おっと、これは失言でしたね」

「全く、これだから平民は……」

両腕を胸の前で組みながら、アリシア様はお決まりの台詞《せりふ》を呟《つぶや》こうとする。

だが、その言葉が最後まで紡《つむ》がれる前に……ピタリと口を閉じた。

「……ううん、なんでもないわ」

「え？」

「ごめんなさい。ワタクシったら何度も何度も、貴方《あなた》に悪態ばかり吐いて。こんな調子じゃ、嫌われちゃうのも仕方無いわよね」

目を伏せ、ボソボソとした声でアリシア様が呟く。

俺はすぐに彼女の手を握ると、その弱音を否定した。

「私がアリシア様を嫌いになるなんて、天地がひっくり返ってもありえません」

「ええ、そうね。貴方はいつだって、ワタクシを支えてくれるんですもの」

アリシア様は俺の手を顔の横まで引いて、頬《ほお》を擦り付ける。

感触や体温をしっかりと感じ取るためか、目を瞑《つぶ》りながらスリスリする仕草は甘えたがりの猫のようで可愛らしい。

だけど、ここでこの世界一愛くるしい女性に見惚《みほ》れてばかりもいられない。

グラント様との婚姻をどうするのか。アリシア様の意思をしっかり確認しないと。

「あの、少しお話ししたいことがあるのですが」

「あら、奇遇ね。ワタクシも貴方に、そろそろ打ち明けようと思っていた話があるの」

「へ？」

「付いてきて」

何がなんだか分からずにいる俺の手を引いて、アリシア様は歩き出す。

その道中ですれ違う使用人たちの半数以上が、アリシア様と共に行動する俺を怪訝《けげん》な表情で睨《にら》むが……前を行くアリシア様は少しも意に介していない。

むしろ俺と一緒にいる姿を見せつけて上機嫌なのか、軽い鼻歌まで漏らしている。

「ほら、こっちよこっち」

しばらく歩き続け、アリシア様が喜々として俺を連れてきたのは中庭にある花壇。

今朝、アリシア様がグラント様と何かを話していた場所でもある。

「見て御覧なさい。このお花、とても綺麗《きれい》でしょう？」

そう言いながら指差したのは、前にメイが食堂に持ち込んだ花。

一目でアリシア様が気に入り、あれから中庭に植えるようになったものだが……

「メイから教えてもらったのだけれど、この花って食べられるのよ」

「へぇ？　そうなんですね」

「花は漬物やお浸し、揚げ物なんかにしても美味《おい》しいの……って、そういう話は貴方《あなた》の方が詳しいに決まっているわよね」

この時の俺は、アリシア様が何を言おうとしているのか理解できなかった。

どうして花の話をするのか。この花が一体なんだというのか。

困惑する俺の前で、アリシア様はニコニコと花に手を添えて——

「えいっ」

ブチリと、茎の根元辺りを引きちぎる。

それから間髪入れずに口を大きく開き、手に取った花の先端にかじりつく。

まるで聖夜のパーティーで、ローストチキンを食べるかのような勢いで。

「はぁっ!?」

顔色ひとつ変えず、頰《ほお》張った花を咀嚼《そしやく》するアリシア様。

貴族令嬢である彼女が花壇に咲いている花を食べるなんて。

にわかには信じがたい光景に、俺の頭は軽くパニック状態だ。

「どう？　花は生でイケるようになったのよ。それにもう少しで草も克服できそうなの」

「なっ、なっ……！」

「問題は虫ね。メイと一緒に猛特訓してきたんだけど、今はまだ触るくらいが精一杯で」

言葉を発する余裕すら無い俺を横目にして、アリシア様は花壇の前にしゃがみこむ。

そして右手でじかに土をほじくり始め、その中から出てきた何かをむんずと手掴《づか》み。

「まぁ、こんなにぶっといのが隠れていたわ。ふふっ、活《い》きがいい子ね」

うにょうにょうにょ。アリシア様の手の中で蠢《うごめ》いているのは、大物のミミズだった。

女性……ましてや、貴族の方ともなれば触れることはおろか、目にしただけで嫌悪感を顕わにするだろう巨大ミミズを笑顔で見せつけてくるアリシア様。

「ワタクシ、少し前までは虫が苦手だったけど。こうして触れ合っていると、意外と愛嬌があって可愛いと思えるようになってきたのよ」

などと言いながら、アリシア様はミミズを花壇へと戻す。

「ふふっ、今はリリースしてあげるわ。貴方がさらに大物になって、ワタクシがさらなる成長を遂げた暁には……ちゃんと食べてあげる」

巨大ミミズは言葉を理解しているのか、チラリと頭をアリシア様の顔へと向けると……ペコリと丁寧に一礼してから土の中に潜っていった。

「……花や草。そして虫を食べられるように、特訓をなさっていたんですね」

「ええ。最初は手が土で汚れるだけでも嫌だったのに、慣れというのは怖いわね」

土だらけの手のひらを見せながら、アリシア様はクスクスと笑う。

そこで俺は気付く。最近、屋敷の廊下に土が落ちていたのはコレが原因だったのだと。

俺に隠れてコソコソと入浴していたのも、汚れた体を綺麗《きれい》にするためか……

「本当は虫をクリアしてから報告しようと考えていたのだけど。今朝、あの男に絡まれているところを貴方《あなた》に見られてしまったし、変に誤解をされたくなかったの」

パンパンと手に付いた土を払いながら、俺を見つめるアリシア様。

「グレイ、これがワタクシの覚悟よ」

たとえ貴族令嬢の地位を失おうとも、劣悪な生活に身を落とそうとも。

必ず自分の想い人と添い遂げてみせる。

そんなアリシア様の強い決意と想いが、ヒシヒシと伝わってくるようだ。

「さぁて。言いたいことは言ったし、今度はワタクシが貴方の話を聞く番ね」

満足気にフフンと鼻を鳴らすアリシア様に対し、俺は何も言えずにいた。

婚約についての意思確認など、もはや何の意味も無いことは明白だからだ。

「い、いえ……私の話は大した内容じゃありませんので」

「あらそう？　貴方からの質問になら、なんでも答えてあげるのに」

俺がウジウジと悩んでいる間に、アリシア様は自分の想いを貫くために行動を始めていた。

ほんの少し前まで、ピーマンすら口にしたくないと言っていた彼女が、花を生で食べられるように――ましてや虫に触れるようになるのにどれほど苦労したのか。

その特訓の日々がどれほど辛《つら》かったのか、想像しただけで涙が溢《あふ》れてくる。

「ねぇ、グレイ。この気持ちが、この選択が自分を不幸にするかもしれないことは重々承知しているわ。でもね、貴方以外の男と結ばれたワタクシは……確実に不幸になる」

スッと、俺の頬《ほお》を伝う涙に刺繍《ししゅう》入りのシルクのハンカチを押し当てるアリシア様。

「だから貴方にも、自分の気持ちに素直になって欲しいの。自分の選択でワタクシが不幸になるなんて思わないでちょうだい」

「しかし、それでも……」

「鳥籠《とりかご》の中で一生飼い殺しにされる不幸と、大切な人と共に苦難を受け入れる不幸なら……ワタクシは後者を選ぶわ」

アリシア様は力強い眼差《まなざ》しで俺を見つめたまま、ハッキリとした口調で断言する。

なんて眩《まぶ》しいのだろう、と思った。

「全く、本当に敵《かな》いませんね」

俺は頬に添えられたアリシア様の手を握ると、軽く力を込めてアリシア様を引き寄せる。

「あっ」

軽くバランスを崩したアリシア様が、俺の胸の中へと倒れ込んでくる。

それを抱き止めた俺は、彼女の耳元で囁《ささや》く。

「何があろうとも、俺は貴方の味方ですから」

「うっ……うぇ？」

「命に代えても、貴方を守り抜いてみせます」

「グレイ……！」

最初は驚いたように目を見開いていたアリシア様であったが、次第にその瞳に大粒の涙を浮かべ……俺の胸に顔を埋めてきた。

ここでボソリと、愛の言葉でも囁《ささや》かれようものなら俺の理性は爆発していただろう。

だが、流石《さすが》はアリシア様というべきか。

こんなムードバッチリの場面でも、他の令嬢たちとは一線を画す反応を見せる。

「ふぇへへっ……うぇひへへへへっ♪　グレイ……しゅきぃ……♪」

公爵令嬢が絶対に出してはいけない笑い声、見せてはいけないフニャフニャの笑みで、俺の胸板にグリグリと頬《ほお》擦りを続けている。

そんな世界で一番可愛い生き物が、十分に満足するまでの間。

俺は可能な限りの優しい手付きで、その頭を撫《な》で続けるのだった。

◇

アリシア様の想いの強さを知った俺は、その日の内にグラント様を呼び出していた。

「やぁ、グレイ君。待たせてしまったかな？」

屋敷中の人間たちが寝静まった深夜。

人気《ひとけ》の無い屋敷の裏庭に現れたグラント様は、普段から使用人たちに向けているような温和な笑顔を浮かべている。俺からの返事がもらえると、ご機嫌なのかもしれない。

「いえ、待っていません。それよりも、わざわざご足労頂いてありがとうございます」

「ハハッ、気にしないでくれ。誰にも邪魔されない場所を望んだのはボクの方だ」

俺としては日中の内に済ませておきたい話だったが、貴族であるグラント様の希望とあっては断れるはずもない。

それでこうしてわざわざ夜更けに、裏庭なんかで密会しているというわけだ。

「仕切り直しをさせてすまないね。でも、もう遠慮は要《い》らないよ」

グラント様は一歩前に歩み出ると、スッと俺の前に右手を差し出してくる。

「誰よりもアリシアを想う君のことだ。ボクに協力してくれるんだろう?」

今朝、グラント様は『アリシアの幸せを願うのなら、ボクたちの関係を取り持って欲しい』という旨の協力要請を俺に話してきた。

彼がアリシア様の内面に惚れ込み、愛しているのなら……それも悪くないと考えていた。

「グラント様、貴方《あなた》はとても素晴らしい方です。地位、名声、容姿。そのどれを取っても、貴方ほどの男性は簡単には見つかりません」

「おいおい、やめてくれ。そんなに口説かれると、君に靡《なび》いてしまいそうだよ」

「ですが、貴方とアリシア様の婚姻を認めるわけにはいきません」

「…………は？」

ザワリと、周囲の空気が一変したのが分かる。

これまではニコニコと温和な表情ばかりだったグラント様の顔が明らかに……怒りと不満に満ちたものへと形を変えていく。

「……意味が分からないね。君はさっき、あれほどボクを褒めていたじゃないか」

背筋がゾッとするほどの冷たい声。

しかしここで俺が怯《ひる》むわけにもいかない。俺は毅然《きぜん》とした態度で言葉を紡《つむ》いでいく。

「はい。でもそれは、貴方《あなた》がどれだけ優れた人間であるかという話です」

「だからこそ、彼女に相応《ふさわ》しい結婚相手になれるのさ」

「私も今朝まではそう思っていたんです。でもそれは逃げでした。相手が高貴なお方なら仕方ないと自分に言い聞かせて、アリシア様の気持ちから目を逸《そ》らしていたんです」

自分の身分じゃ、アリシア様と結ばれることはできない。幸せにできない。

そう勝手に一人で諦めて、自分よりも優れた男性こそがアリシア様に相応しい結婚相手だと決めつけていた。それが彼女のためになると信じ込もうとしていたんだ。

「冷静に考えたまえ。その選択では君もアリシアも幸せになれないということは、分かりきっていることじゃないか」

諭すような言葉を並べながら、グラント様は腰の鞘《さや》から剣を引き抜く。

その剣先は素早い動きで俺の頰《ほお》を掠《かす》め、鋭い痛みを走らせた。

ツゥッと、頰を赤い雫《しずく》が伝っていくのが分かる。

「今ここで君を殺したところで、ボクはなんの罪にも問われない。それが身分の差というものであり、君という矮小《わいしょう》な命の価値だ」

「……っ」

「よく考えるといい。君がボクに従ってくれるのなら、このままアリシアの傍《そば》に仕えていられるんだ。何なら、君を特別に騎士学校に編入させてあげてもいいんだよ?」

「な、なぜそれを知って……?」

俺が騎士学校に入りたいと願っていたことは、マヤさんとアリシア様にしか話していない。アリシア様が話すとも思えないし、マヤさんが話したのだろうか……?

「君の経歴は全て調べたさ。母親はすでに他界、姉とは生き別れ、ろくでなしの父親と二人で悲惨な暮らしを送って来た過去も……ね」

流石《さすが》は貴族というべきか。

俺の家族構成に至るまで、完璧《かんぺき》に調べ上げているとは……

「望むのなら、私の力で君の姉を捜し出そう。更に、姉と君が新しい人生を始めるのに十分な資金を援助してあげようじゃないか」

「姉さんを……?」

「そうだ。君がアリシアを諦めるだけで、誰もが幸せになれるんだよ。君は騎士になる夢を叶えられるし、失った家族と再び一緒に暮らせるのだから」

なんという甘美な誘い文句なのだろうか。

かつての俺が喉《のど》から手が出るほどに求めた——夢、姉さん、お金。

その全てを、眼の前の男は俺に与えてくれるというのだ。

「私は……」

これほどの幸運を手にする平民なんて、世界中を探してもほんの一握りに違いない。

叶わない恋を諦めるだけで。

愛する人を不幸の道へと誘《いざな》うことをやめるだけで。

俺は間違いなく幸せな日々を送ることができる……でも。

「いいえ、お断りします」

「なん……だと?」

「私はもう決めたんです。何があろうとも、アリシア様をお守りすると」

今の俺にとって最大の幸せは、アリシア様が幸せになることなんだ。

あんなに憧れた騎士の夢も、大好きだった姉さんとの生活も。

幼い頃から欲し続けたお金も……あの人への想いには敵《かな》わない。代えられない。

「……そうか。それほどまでの覚悟だというのなら、仕方ないね」

グラント様はフッと微笑を浮かべると、俺の左頬《ほお》に突き付けていた剣を下ろす。

さらに続けて、空いている左手で腰に差してある二本目の剣を引き抜いた。

「ここは男らしく、決闘で決着を付けようじゃないか。君もかつては騎士を目指していた男なのだから、こういう勝負は望むところだろう？」

そう言ってグラント様は、俺に剣を差し出してくる。

「何も心配しなくてもいい。君が勝てば、ボクはもうアリシアに手を出さない。貴族の地位を利用して君を処分するなんて真似《まね》もしないと誓おう」

「……分かりました」

そこまで言われては、俺も引き下がるわけにはいかない。

俺はグラント様の差し出した剣を握り締めると、それを構えてみせる。

「ほう……？　独学のようだが、それなりに様になっているじゃないか」

相手は騎士学校の教員を務めるほどの男だ。

戦ったところで、勝算など無いと分かっている。

だとしても、僅《わず》かな可能性だとしても。

アリシア様のために、その希望を摑《つか》み取ってみせる。

「良い目だ。もしかすると、万が一にもボクが負ける可能性もあったかもしれないな」

「あったかも……しれない？」

こちらを見つめながら、ニヤニヤと歪《いびつ》な笑みを浮かべるグラント様。

その発言にどこか違和感を覚え、俺は首を傾《かし》げようとした……瞬間だった。

「……あ、れ？」

目の前にいるグラント様が急にぼやけて、二人に増えたように見える。

さらに俺の足に力が入らず、ガクンと膝から崩れ落ちてしまう。

「おやおや？　大丈夫かい？」

「なん……で……」

どうにか立ち上がろうとするが、足は俺の意思に反してビクともしない。

それどころか、指の感覚さえも無くなり……剣もその場で落としてしまった。

「おっと、そういえば忘れていたよ。ボクの剣には強力な毒薬が仕込んであるってね」

「なっ……？」

ぼやけた視界に映る二人のグラント様が、俺を嘲笑《あざわら》うように真実を明かす。

そうか、さっき俺の頬《ほお》を剣が掠《かす》めた時に毒が……

「ひ、きょう……だ……」

「ん～？　なんだって？　聞こえないなぁ」

「く……そぉ……あぐっ」

まともに口も動かせなくなった俺は、とうとう顔面から地面へと倒れ込んでいく。

「さぁ、これ以上苦しめるのはボクの本意じゃない。今すぐ楽にしてあげよう」

何も見えない漆黒の世界で、俺への処刑宣告が下される。

駄目だ。呼吸が上手《うま》くできない。体のどこにも、力が入らない……

「お待ちください、グラント様」

霞みゆく意識の中、頭上から聞こえてきたのは女性の声。

「このような平民如《ごと》き、貴方《あなた》が手を下す価値もありません。後は私が処理しましょう」

「そうだね。君に任せておけば何も問題ない。死体の処理はよろしく頼むよ」

「ええ、全てはアリシア様のために……」

嘘《うそ》、だ……なんで？

なんであの人が、こんな男と一緒に……？

「マ……ヤさ……ん？」

「貴方も馬鹿な人ですね。おとなしく忠告を聞いていれば、こんなにも苦しい思いをする必要は無かったというのに」

完全に意識が途絶えてしまう直前、俺の耳に最後に届いたのは……

「ふっ、ふふふふっ……」

心から嬉しそうにほくそ笑む、マヤさんの声であった。

第六章　誓いの口づけを貴方と

「絶対に信じられませんわ！」

オズリンド邸――早朝の食堂にて甲高い叫びがこだまする。

その声の主であるアリシアは、テーブルを両手で激しく叩きながら立ち上がると……自分の向かい側に座っているグラントを睨《にら》み付ける。

「よくもそんな嘘《うそ》をぬけぬけと……！」

「落ち着きなさい。彼の話はまだ終わっていないではないか」

「いいえ、落ち着いてなんかいられませんわ！　この男だけは……！」

「アリシア、ボクだってショックだったんだよ。しかし、これは確かな事実だ」

悲しげな表情を浮かべ、額に手を当てるグラント。

彼は深く溜息を漏らしてから、重苦しい雰囲気を纏《まと》った声で――語る。

「ふぅ……ボクは見たんだ。彼が屋敷の美術品を持ち出し、逃げ去っていくのをね」

その内容は『グレイが盗みを働いて屋敷を逃げ出した』というもの。

言うまでもないが、グレイを深く信頼するアリシアにとっては認めがたい内容だ。

「ありえないわ。十分な給与を払っているのに、そんな真似《まね》をする必要がないもの」

「しかしアリシアよ、彼は貧しい平民の出身だ。今まで真面目《まじめ》に働いていたとしても、大金に目が眩《くら》んで盗みを行う可能性は……」

「ゼロですわっ！」

ディランの考えは世間一般的には、おおよそ間違っていない。

それはアリシアにも分かっている。

だからこそ歯がゆく、この状況に苛立《いらだ》ちを募らせることしかできないのだ。

「実際に、屋敷から幾つかの絵画と調度品が消えており、グレイ本人もいなくなった。この状況で最も怪しむべきはグレイしかいないだろう？」

「だって、グレイは……！」

じんわりと目に涙を溜めながら、アリシアは昨日の出来事を思い出す。

『何があろうとも、俺は貴方《あなた》の味方です』

『命に代えても、貴方を守り抜いてみせます』

彼はそう言って、自分を抱きしめてくれた。

その温もりと感触は忘れたくても忘れられない、大切な思い出だ。

「あの、私もグレイがコソコソしている姿を見ました！」

「そうそう。なんか怪しい感じだったよねー」

「最近、妙に雰囲気も暗かったし……盗みもやりかねないと思います」

食堂の隅に控える使用人たちがこぞって、グレイを追い詰める証言を口にする。

もっとも彼女たちは全員【グラント様ファンクラブ】のメンバーであり、彼に気に入られようと必死に話を合わせているだけなのだが。

「やはりそうか。マヤよ、お前はどう思う?」

使用人たちからの告発を受けたディランは、彼女たちの上司であるマヤにも意見を訊《たず》ねる。

「……彼の勤務態度や姿勢を見る限り、そのような愚か者には見えません。しかし、人間というのは分からないものです」

マヤは一切の感情が読めない真顔のまま、淡々と自分の考えを述べる。

それを追い風としたのか、ここでグラントがさらに言葉を紡《つむ》いでいく。

「ディラン様。これは私の推測ではありますが、彼はボクとアリシアの婚約を理由に盗みを働いたのではないでしょうか?」

「婚約を?　なぜそうなる?」

「彼はアリシアを誑《たぶら》かして、いずれこの屋敷を乗っ取るつもりだったのです。しかしボクという婚約者が現れたことで、その計画は頓挫《とんざ》してしまった」

「なるほど。それで目先の高価な品を盗み、屋敷を去ったと」

グレイの性格を詳しく知らない者ならば、疑う余地のない完璧《かんぺき》な筋道。

また、肝心の本人が姿を消した以上……グラントの推測を否定する根拠は何もない。

「違います、違いますわ……お父様。グレイは、そんな人間じゃありませんわ」

目尻に涙を溜めて、力無く呟《つぶや》くアリシア。

常に気丈で、気高く振る舞ってきた愛娘《まなむすめ》の痛々しい姿に……ディランは強い衝撃を受ける。

「アリシア、お前はそこまで……」

「信頼していた使用人の裏切りで、アリシアは心に深い傷を負ってしまいました。しかしご安心ください。婚約者として……夫として、ボクが彼女を支えていきますから」

「……ああ、頼むよ。夢見がちな娘の目を、現実の幸せで覚まさせてやってくれ」

「お任せください。明日の儀式で、彼女は【真に愛すべき相手】を理解するでしょう」

「っ！」

ディランとグラントの寒々しい会話に耐えきれなくなったのか、アリシアは脇目も振らずに食堂を勢いよく飛び出していく。

そんな彼女の後ろ姿を、マヤだけは心配そうに見つめているのだった。

◇

グレイの失踪《しっそう》を知らされて、ショックを受けたアリシア。

彼女は自室に戻ると、人前ではずっと堪《こら》えていた涙を溢《あふ》れさせた。

「うっ、うぅぅぅぅぅっ！　ゲベゲベェ……！」

ベッドの上に倒れ込み、大親友のぬいぐるみを抱きしめる。

辛《つら》い時や悲しい時はいつだって、こうして耐え抜いてきた。

しかし今となっては、この大親友を頼って自分の感情をコントロールすることも叶わない。

グレイがいない。その事実が、アリシアの心を崩壊寸前にまで追い詰めていたのだ。

「ワタクシのせいだわ……！　ワタクシのせいで、グレイは……」

何が起きたのかは分からない。

それでも、グラントがグレイに何かをしたというのは確実だ。

その理由は十中八九、アリシアを我が物にするためであろう。

「こんなことならあの時、一緒に屋敷を出ていれば……」

もしも自分がもっと早く、食虫を克服できていれば。

グレイに自分の覚悟を示した時に『ワタクシを連れ去って』と言えていれば。

今頃は貧しく苦しい生活ながらも、大好きな彼と一緒にいられたというのに。

「うぇぇぇぇえっ……グレイのばかぁっ……ワタクシを置いてどこに消えちゃたのよぉ」

幼子のように泣きじゃくるアリシア。

今すぐにでもグレイの顔が見たい。会いたい。話したい。触れ合いたい。

グレイという存在が、自分の中でこれほどまでに大きくなっていたなんて。

「……ずびぃっ」

鼻水をすすり、涙に濡れる頬《ほお》を拭う。

ちょうどそのタイミングで、部屋の扉がコンコンコンッとノックされる。

「…………」

ノックの音だけで、それがグレイでないと分かる。

いつだって彼は同じ強さ、リズムで扉を叩く。それが聞こえてくるだけで、アリシアの胸はぽかぽかと温かい気持ちで満たされていくのだ。

「どうぞ」

「失礼致します」

必死に平静を装ったアリシアが入室を促すと、部屋の中に意外な人物が入ってくる。

「マヤ……？」

アリシアの父ディラン直属の使用人であるマヤ。深く関わる機会こそ少ないが、アリシアにとっては何年もの間……同じ屋敷で過ごしてきた相手でもある。

「お嬢様、具合はよろしいでしょうか？」

「……大丈夫そうに見える？」

「いいえ、見えません。ですから心配なのですよ」

泣き腫《は》らしたアリシアの顔を見て、マヤもまた悲痛な面持ちを見せる。

その表情を見て、アリシアはフンッと鼻を鳴らす。

「さっきはグレイを庇《かば》ってもくれなかったくせに、よく言うわね」

「私は事実を申し上げたのです。主人に対して嘘《うそ》の報告はできませんので」

「それでワタクシとグレイの関係も馬鹿正直に打ち明けたのね？　そのせいでお父様があんな男を婚約者として連れて来て！　ワタクシのグレイが……！」

マヤの胸元を両手で摑《つか》みながら、怒りに任せて怒鳴りつけるアリシア。

しかしその勢いはすぐに薄れていき、マヤから手を離したアリシアはフラフラとベッドの上に崩れ落ちていった。

「ごめんなさい。貴方《あなた》が悪くないのは分かっているのに……ワタクシったら」

「いいえ、お嬢様。私は責められて当然の人間です」

ベッドの傍《そば》に歩み寄り、跪《ひざまず》いたマヤはアリシアの両手をそっと握る。

「ですが、これだけは忘れないでくださいませ。私も旦那《だんな》様も、お嬢様を大切に想っているということを……」

「そんなの、信じられないわ」

「……いずれ、お分かり頂けると信じております」

今までに見せたことのない穏やかな笑みを浮かべるマヤ。

彼女はアリシアの手を離すと、そのまま部屋の出口へと向かっていく。

「ですから、最後までお気を強くお持ち下さい。決して、愚かな考えをしないように」

「心配なんて要《い》らないわ。グレイはワタクシとの約束を破ったりしない。だからきっと、明日にはワタクシを助けに来てくれるって……信じているの」

「……これは杞憂《きゆう》でしたね。では、私はこれにて失礼致します」

そう言い残して、部屋から出ていくマヤ。

一方のアリシアは、先程まで弱気になっていた心を奮い立たせ……拳を強く握りしめる。

その紅い瞳に宿るのは確固たる想い。

「グレイ、早く戻ってきなさいよ。ワタクシは……」

何があろうとも愛する男のために、最後まで戦い抜こうとする乙女《おとめ》の覚悟だった。

◇

婚姻の儀式とは、言ってしまえば結婚式を簡略化したものである。

特別な準備などは不要で、ただ新郎新婦が教会で愛を誓い合うだけの儀式。

費用もかからず、庶民にとっての一般的な婚姻方法ではあるが、意外なことに貴族たちの間でも婚姻の儀式は重宝されている。

準備金はともかく、時間をかけずに執り行えるというのが最大の利点であるようで。

結婚を嫌がる子供を、半ば強制的に政略結婚させるのにうってつけの方法。

アリシアのような問題児はまさにその典型であり、彼女がどれだけ策を弄《ろう》して婚約を破談に持ち込もうとしても間に合わない。

一度儀式を執り行ってしまえば、公的には夫婦となってしまうのだから――

「天国のお母様も、きっと大喜びですわね。たった一人の愛娘《まなむすめ》が、実の父親によってロクでもない男と婚姻させられるんですもの」

ガタガタと揺れる馬車の中。

窓枠に頬杖《ほおづえ》をつくアリシアが、向かい側に座るディランに嫌味を漏らす。

「……やめないか。せっかくのめでたい日だというのに」

「そうですわね。お父様とあの男にとっては……ですけれど」

「いい加減に機嫌を直せ。そのような膨れ面では、綺麗《きれい》な顔とドレスが台無しだ」

普段のアリシアが身に纏《まと》うものよりも装飾が多く、華やかな印象を与えるドレス。

最新の流行と比べるとわずかに古いデザインではあるのだが、これは亡くなったアリシアの母が若い頃、ディランと婚約した際に着ていたドレスであるためだ。

ディランとしては、結婚に乗り気ではないアリシアが母親の形見に袖を通してくれるとは思っていなかったのだが……なぜか彼女はこのドレスを選んだのだ。

「……お父様」

　今は亡き母に並ぶ……いや、確実にそれ以上の美貌を誇るアリシアは、氷のように冷たい瞳で父親を見つめる。そして彼女は感情を感じさせない声色で、さらに言葉を続けた。

「お父様はお母様を愛していらっしゃいましたか？」

「勿論《もちろん》だ。私とシオンは互いを深く愛し、固い絆で結ばれていた」

「そう……それは羨《うらや》ましい話ですわね。では、そんなお父様に一つだけお訊《たず》ねしますわ」

　父の断言を聞いてなお、アリシアの視線は揺らがない。

　そんな娘の様子に気圧《けお》されながら、ディランはコクリと頷《うなず》いた。

「うむ。なんでも答えよう」

「もしも……お母様が貴族の生まれではなく、ただの平民だったのなら。お父様はお母様を愛し、結婚していましたか？」

「なっ、何を……？」

「……もしも違うとおっしゃるのなら、お父様はお母様の持つ地位と結婚されましたのね」

「ぐっ……！」

　違う、そんな馬鹿なことがあるものか。

　そう否定しようとして、ディランは言葉に詰まる。

　ここでそれを言えば【計画】が全て台無しになりかねないからだ。

「話はもう十分ですわ」

言い淀《よど》む父親に失望したのか、アリシアは視線を窓の外へと向けて話を切り上げた。

ディランにとってはとてつもなく気まずい空気が、二人きりの馬車内に漂ったが……婚姻の儀式を行う教会はオズリンド邸からそう離れてはいない。

ほんの数分ほどの沈黙を経て、馬車は停車。

御者が扉を開き、アリシアとディランが馬車を降りると……爽やかな声で呼びかけられる。

「アリシア、ディラン様。お待ちしておりましたよ」

無表情のアリシアが顔を上げると、そこには満面の笑みを浮かべるグラントが立っていた。

儀式に合わせた衣装なのだろう。普段とは異なる仰々《ぎょうぎょう》しい騎士装束に身を包んだ彼の姿は、とても凛々《りり》しくて様になっている。

「邪魔よ」

そんなグラントを押しのけようとするアリシアだったが、逆にその手を摑《つか》まれてしまう。

「離してっ！」

「いいや、離さないさ。ボクはこの時をずっと待ち望んでいたのだからね」

必死に抵抗するも、アリシアの細腕では騎士であるグラントの力に敵《かな》わない。

「お父様……っ！」

苦悶の表情で父親に縋《すが》るアリシア。

しかしディランは冷たい瞳で娘を見つめるだけで、何の反応も示そうとはしなかった。

「叔父上《おじ》、例の【計画】を実行に移す……それでよろしいですね？」

「……うむ、こうなった以上は仕方あるまい」

歯を食いしばり、苦々しげに頷《うなず》くディランの顔を見てアリシアは抵抗の力を緩める。

父が自分を愛していないことはすでに分かりきっていた。

しかし、こんなにもあっさりと見捨てられては……心が折れそうになってしまう。

「さぁ、この場所で君は永遠の愛を誓うんだ」

「いやっ！　嫌よ……っ！」

強引にアリシアの腕を引っ張り、教会の階段を上がっていくグラント。一方のディランは階段の手前で立ち止まり、自分の娘が乱暴に連れていかれる姿を見ているだけ。

「こんな横暴、許さないんだからっ！」

頼れるのは己の力だけ。そう思ってアリシアはあらゆる抵抗を試みた。

掴む腕を引っ掻《か》いたり、頬《ほお》をビンタしたり、肩に握り拳を何度もぶつけたり。

だが、どんな攻撃も効果はゼロ。抵抗虚しく、教会の入り口へと連れていかれるアリシア。

「君が真に愛するべき者が誰か……ハッキリさせる時が来たのさ」

「ああっ、グレイ……！　お願いっ……助けて……！」

悲痛な叫びも虚しく、グラントは片手で教会の扉をゆっくりと開いていく。

そして、その扉が完全に開かれた瞬間――

「はい、かしこまりました」

アリシアがずっとずっと、待ち望んでいた男の声が聞こえてくる、

「あっ」

涙で滲《にじ》んでいた視界に、おぼろげながら映るシルエット。

その人物はアリシアの手を摑《つか》むグラントの腕を、ギリギリと締め上げていく。

「というわけですので、大変恐縮ではありますが……」

激痛に顔を歪《ゆが》めたグラントが、アリシアの手を離したのと同時に。

「ぶん殴らせて頂きます」

アリシアが大好きで堪《たま》らない、愛しい少年――グレイは、渾身《こんしん》の右ストレートをグラントの顔面へお見舞いするのだった。

◇

「ぐぅあっ！　があぁぁぁぁぁぁぁっ！」

俺に殴られたグラント様は仰《の》け反《ぞ》るように倒れ、教会前の階段を転がり落ちていく。

逆にグラント様に摑まれていたアリシア様は、前のめりにバランスを崩したので……正面にいた俺の胸に飛び込むような形となる。

「おっと！」

俺はサッとアリシア様を抱き締めるような形で受け止める。

良かった。これでアリシア様が転ばずに済む……と安堵《あんど》したのも束の間。

「お・そ・い・の・よ！」

「あだだだだだだだだだだっ！」

にゅっと伸びてきたアリシア様の両手が、俺の左右の頬《ほお》を力強くつまみ上げる。

「ばかばかばかぁっ！　どれだけワタクシが心配したと思ってるのよっ！」

ようやく頬を解放したと思ったら、今度は俺の胸をぽかぽかと叩いてくるアリシア様。

「今度という今度は許せないわ！　覚悟しなさい！　屋敷に帰ったら一週間、毎日一緒に入浴してもらうわ！　そして夜は同じベッドで抱き合って、スリスリしながら眠るのよ！」

さらに勢い付いて、とんでもない要求まで口にし始める始末。

「あー……こほん。お嬢様、落ち着いてください」

そんな暴走状態のアリシア様を見かねたのか、俺の背後に控えている人物が声を上げた。

「屋敷を預かる身として、その要求を通すわけにはいきませんよ」

「えっ？　マヤ？　貴方《あなた》がどうしてここに？」

「実はマヤさんは、俺の命の恩人なんですよ」

「命の……恩人ですって？　どういうことなの？」

俺の説明を聞いて、さらにきょとんとした表情になるアリシア様。

そりゃあ、こんな状況をすんなり飲み込めるわけがないよな。

「グレイ君はグラント様によって毒を盛られ、死の淵を彷徨《さまよ》っていたのです。それで私が彼を自室へと匿《かくま》い、解毒薬を投与して治療していたのですよ」

そう。あの日、俺はてっきりマヤさんもグラント様に協力しているのかと思った。

しかし実際はグラント様に協力するフリをして俺を救い出し、こうして教会に先回りする段取りまで整えてくれたのだ。

「マヤさんのおかげで、アリシア様をお救いすることが……いだだだっ！」

「はぁぁぁぁぁぁっ!?　ふざけないでよ！　ワタクシを心配させている間、貴方《あなた》はマヤと二人きりでイチャイチャしていたというわけ？　ああもう信じられないわっ！」

怒鳴り声で話を遮ったアリシア様は、ギリギリと俺の耳を引っ張ってくる。

どうやら俺がマヤさんの部屋にいた、という部分に嫉妬してしまったようだ。

「仕方ないじゃないですか！　毒が抜けて、完全に目を覚ましたのが今朝なんですから！」

「……ふん、まぁいいわ。詳しい話は後でじっくりと聞き出すとして」

俺の耳を摘んでいた指を離し、そのまま俺の首に両腕を回すアリシア様。

ふわりと、俺の大好きな甘くて華やかな香りが俺の鼻腔《びくう》をくすぐる。

それから俺の体に、アリシア様の柔らかな胸の感触が押し当てられた。

「本当に良かったわ。貴方が生きていてくれて……」

「アリシア様……」

今にも泣き出してしまいそうな声で、くしゃりと笑うアリシア様。

そんな彼女を抱きしめ返そうとして……俺はその手を途中で止める。

その前にまだ、大切なひとと仕事が残っているからな。

「見せつけてくれるじゃあないか……グレイ君」

俺に抱きついているアリシア様の後方。

開かれた扉の外から、怒りの表情を浮かべるグラント様が姿を現す。

俺に殴られたせいで、赤く腫《は》れ上がっている頬《ほお》が実に痛々しい。

「よくも……平民の分際でボクに血を流させたね」

さらに階段を落ちた時に切ってしまったのか、額からは一筋の血が流れ落ちていた。

「しかし、君も愚かな男だ。せっかく命拾いしたというのに、また死にに来るなんて」

グラント様はそれを服の袖で拭うと、腰に差していた剣を引き抜く。

俺はアリシア様をそっと引き剝《は》がすと、彼女を守るようにして前へ歩み出る。

するとここで、グラント様の後に続くようにして……ディラン様が姿を現した。

「おい！　これは一体どういうことだ⁉　なぜその男がここにいる⁉」

階段下に転がり落ちたグラント様を見て、慌てて様子を確認しに来たのだろう。

額には汗が滲《にじ》んでおり、心なしか呼吸も乱れているようだ。

「どうもこうもありませんよ、叔父上《おじ》。そこの男はマヤ君と結託し、ボクの花嫁を奪い去ろうとしているのです」

「なんだと……？」

ディラン様はグラント様の説明を受けて、俺を睨《にら》み付けてくる。

視線だけで相手を殺せそうなほどの怒気、凄《すさ》まじい威圧感……前に俺が恐怖した時よりも迫力が増しているようだけど。

なぜだろうか？　今はちっとも怖いと思えない。

「グレイ、貴様……！　覚悟はできているのだろうな？」

「できているに決まっているじゃないですか」

「……なに？　今のふざけた返答は、私の聞き間違いか？」

「ふざけてなんかいませんよ。私は本気です」

正面からディラン様の瞳を見つめ返し、俺はそう答える。

すると不意に……一瞬だけ。

あれほど激怒していたはずのディラン様の表情が、フッと優しい笑みに変わった気がする。

「叔父上、もういいでしょう。下賤《げせん》な者の戯言《ざれごと》に、これ以上付き合う必要はありません」

ここでディラン様と入れ替わるように、グラント様が口を挟んでくる。

そして彼は腰に差していたもう一本の剣を鞘《さや》から引き抜くと、何を思ったのか……それをこちらに向かって投げてきた。

「ほら、受け取りたまえ」

「これは……！」

クルクルと回転しながら迫ってきた抜き身の剣を、俺は難なくキャッチする。

「あの夜の続きと行こうじゃないか。今度こそ、ボクの剣技で君を仕留めてあげよう」

ああ、そういえば……元々は剣で決闘をするという話だったな。

毒で倒れたせいで有耶無耶《うやむや》になってしまったが、まだ勝負は付いていない。

「アリシア様、お下がりください」

「ええ、さっさと片付けてちょうだい。このドレスを着るために、今日は朝食を抜いているからお腹《なか》が空いちゃっているのよ」

受け取った剣を構えた俺の後ろで、アリシア様は平然とした様子を見せている。

それが癇《かん》に障ったのか、グラント様が眉間《みけん》にシワを寄せる。

「随分と余裕じゃないかアリシア。ボクが誰だか、忘れてしまったわけじゃないだろう？」

「お嬢様。ここは私が時間を稼ぎます！　その隙《すき》にグレイ君とお逃げください！」

本物の騎士を相手に、騎士学校に入学すらしていない平民が勝てるわけがない。

グラント様の余裕も、マヤさんの心配も至極真っ当なものだと言えるだろう。

「はぁ……貴方《あなた》たち、何を言っているの？」

しかしアリシア様は呆《あき》れたように溜息を漏らすと、ポンポンと俺の肩を叩いてくる。

「グレイはワタクシの専属使用人。ワタクシが勝てと言えば、勝つに決まっているのよ」

「はい、勿論《もちろん》です」

そうだ。俺はアリシア様の専属使用人として、彼女の願いは全て叶える。

だからアリシア様が目の前の男に勝てとおっしゃるのなら、俺は勝たなければならない。

「おいおい？　まさか、毒さえ無ければボクに勝てると思い上がっているのかい？」

「ええ、そうですよ。今の私は、誰が相手だろうと負けません」

「くはははははっ！　いいだろう！　では、すぐに現実を突き付けてあげるよ！」

高笑いと共に剣を強く握りしめたグラント様が、まっすぐにこちらに向かってくる。

右か、左か、上か、下か……それとも突きか。

ただの素人《しろうと》に過ぎない俺に、彼の剣筋を読むことなど逆立ちしたって不可能だ。

ならば、俺にできることは一つしかない。

「これで終わりだ平民！　死ねぇぇぇぇっ！」

愚直に何度も何度も。何年も繰り返し、毎日のように続けてきた素振り。

ただ剣を思いっきり、自分の持てる力の全てを使って……！

「ハァァァァァァァァァァッ！」

まっすぐに振り下ろすだけだ！

「なっ⁉」

俺が全力で振り下ろした剣が、甲高い金属音を立ててグラント様の剣と衝突する。

「らぁぁぁぁぁぁぁぁぁぁぁぁっ！」

しかし俺は力を一切緩めず、力任せにそのまま剣を振り抜いていく。

グラント様は苦悶の表情を浮かべ、剣を斜めにズラして受け流そうとするも……それよりも先に、俺の剣先がグラント様の握る剣の刃へと食い込む。

「くっ……⁉　こんな、馬鹿なことがぁ……！」

「アリシア様は！　絶対に渡さないっ‼」

そして——バギィンッと、金属のへし折れる音が教会内に響き渡る。

「…………ふぅ」

ヒュンヒュンヒュン……ザクッ。

折れた衝撃で空中をくるくると回っていた刀身の半分が教会の床に突き刺さる。

それから僅《わず》かな間、俺たちの間には静寂が訪れていたが……

「これでグレイの勝ちね」

アリシアが最初にそう口火を切る。

すると突然、折れた剣を握りしめたままのグラント様が大笑いを始めた。

「ハ、ハハ……ハハハハハハハハハッ！　これは参った！　こんな奇跡を起こされてしまった以上……敗北を認めるしかありませんよ、叔父上《おじ》！」

さっきまでの鬼気迫る表情はどこへ行ったのやら。

爽やかな笑顔を浮かべたグラント様は、ディラン様の方へと歩み寄っていく。

「お約束通り、これで彼女たちの関係をお認めになるのですね？」

「ぬぅ……分かって、おる」

「「へっ？」」

何が起きているのか理解できず、俺とアリシア様は顔を見合わせて首を傾《かし》げる。

関係を認める？　一体、いきなり何を言い出して……？

「ぷっ、くくっ……ふふふふっ……グラント様。お喜びになる前に、まずはお嬢様とグレイ君に事情を説明しませんと……ふふっ」

「マヤさん!?」

聞き慣れない笑い声に振り返ると、プルプルと震えるマヤさんが口元を押さえている。

ちょっと待ってくれ。これはまさか……？

「お、おおお、お父様っ!?　もしや、最初から全て……!?」

「……ああ、そうだ。今回の婚約はお前たちの覚悟を試すための……試練だったのだ」

「仕掛け人その一だよ、アリシア」

「仕掛け人その二でございます、お嬢様」

「「はぁぁぁぁぁぁぁぁぁぁっ⁉」」

当然ながら、俺とアリシア様は声を揃《そろ》えて驚愕《きょうがく》の叫びを上げる。

今までのアレやコレが全部、仕込みだっていうのか⁉

「も、申し訳ござ……ふふっ……元々は私が、お二人の関係を旦那《だんな》様にお伝えしまして。そうしたら……くすっ、どうしてもお二人を試したいと……おっしゃって」

へぇ、マヤさんってばそんな風に笑えたんですね。

それとも、騙《だま》されていた俺たちの姿がそんなに滑稽《こっけい》でしたか？

「グレイ君があらゆる誘惑に負けず、アリシアを優先するかどうか。命を顧みず、アリシアのために尽くすのかどうか。それを確かめるために、ボクが一芝居を打ったんだ」

説明しつつ、俺との距離を詰めてくるグラント様。彼は今までのキザな雰囲気や、悪辣《あくらつ》な態度ともまるで異なる気さくな様子で俺の頭を撫《な》でてきた。

「くくっ……君の本気度を確かめるためとはいえ、あの夜は悪かったね」

「いやいや、軽いノリで謝らないでくださいよ。本当に死ぬかと思ったんですから」

「安心してくれ。剣に塗ってあったのは致死性の毒じゃなくて、ただの麻痺《まひ》毒なんだ。一日ぐっすり眠ったら、完全に快復しただろう？」

「……ああ、そうでしたか。それなら、まぁ……」

多少の不満は残るが、俺の覚悟を試す作戦の一環だったのなら納得するしかない。

騎士学校の件や姉の捜索、大金をチラつかせたのは、俺がアリシア様の地位や財力を狙っていないかを見極めるため。

毒の一件も、一度殺されかけた後に……死の恐怖に負けず、アリシア様への愛情を貫けるかどうかを確認するためだったのだろう。

「……当然の報いだ。貴族の令嬢に使用人如《ごと》きが手を出したのだからな。本来であれば毒といわず、儂《わし》がこの手で貴様の首を掻《か》っ切ってやりたいところだ」

「うっ……！」

怨嗟《えんさ》の混じった声で、恐ろしい言葉を口にするディラン様。

それを言われてしまえば、麻痺毒くらいで騒ぐわけにはいかないか……

「お父様、そんな話はどうでも良いんですのよ。この際、ワタクシたちを騙していたことも……百歩譲って目を瞑《つぶ》って差し上げますわ」

ここでアリシア様が俺の隣にスススッと近寄ってきて、自分の腕を俺の腕に絡ませてくる。

むにゅんっと、俺の腕はアリシア様のふくよかな胸の谷間に挟まり……沈んでいく。

「大事なのは、ワタクシとグレイが試練をクリアしたという事実。これでもうワタクシたちは、お父様公認のラブラブいちゃいちゃちゅっちゅカップルになりましたのね？」

「ら、らぶら……!?」

アリシア様のとんでもない発言に目を丸くし、ディラン様は動揺している。

父親として、娘からそんな言葉を聞かされるのは相当なショックに違いない。

「待て！　認めるとは言っても……！」

「ああっ、グレイ！　これでもうワタクシたちの愛を阻む障害は無くなったわ！」

ディラン様が何か言いかけるのを無視し、アリシア様は楽しそうにぴょんぴょんと跳ねる。

子供のようにはしゃぐアリシア様は、もはや俺のことしか見えていないのか。

潤んだ瞳で上目遣いしながら、すっかり甘えきった声を漏らす。

「ねえ、ねぇねぇグレイ。今のワタクシが何を考えているのか……分かる？」

両目を閉じてつま先立ちになったアリシア様は、桜色の唇を俺に向かって突き出してくる。

もはや本心を探る必要もなく、誰の目から見ても……答えは明白だった。

「えっと……そうですね。『ちゅーしたい』……とかですか？」

「んふっ、正解よ♡」

俺が答えた直後、アリシア様は柔らかな唇を俺の唇へと重ねてくる。

一瞬にして俺の頭は真っ白になり、フワフワとした幸せな気持ちが脳内を満たしていく。

「あはっ、ご馳走《ちそう》様♪」

唇を放したアリシア様は蠱惑《こわく》的な笑みを浮かべ、俺の胸に頭を預けてくる。

俺はそんなアリシア様を受け止め、その背中に両手を回して抱き締める。

「っぐぅ……！　私の娘をよくも！」

「ハハハハッ！　叔父上《おじ》、これは最高の仕返しをされてしまいましたね」

「グレイ君のみならず、お嬢様まで試そうとするからこうなるのですよ」

抱擁《ほうよう》し合う俺たちを見つめながら、不愉快そうに声を荒らげるディラン様。

そしてそんな彼の両脇で、マヤさんとグラント様は楽しげな様子だ。

「そうだ！　折角、教会にいるんですもの。この場で婚姻の儀式を済ませて、永遠の愛を誓うというのはどうかしら？」

「いいっ⁉　いくらなんでも、それは気が早すぎると思いますが……」

「そうだぞ、アリシア！」

抱き合う俺とアリシア様を引き剝《は》がすようにして、ディラン様が割り込んでくる。

「お前が一生独り身を貫くなどと言うから、断腸の思いでグレイを試してやったが……あくまでも交際を認めただけだ！　婚姻を許したわけではないっ！」

怒鳴りながら、アリシア様の前に立ち塞《ふさ》がるディラン様。

この剣幕……いや、雰囲気はやっぱり……？

「ハァーッ⁉　そんなの屁理屈ですわ！　そこまでして娘の恋路を邪魔したいんですの⁉」

「屁理屈などではない！　お前のために言っているのだ！」

「余計なお世話ですわ！　こんなお父様なんて、ワタクシはだいっきら……！」

「お待ち下さい、アリシア様」

売り言葉に買い言葉。我を忘れて失言をしてしまいそうなアリシア様を俺は引き止める。

「アリシア様はどうやら誤解をされているようです」

「誤解……ですって？」

「はい。ディラン様はこうおっしゃりたかったのですよ」

父親という存在への苦手意識が原因なのか。

俺は今までディラン様の言動を全て、表面的にしか捉《とら》えられずにいた。

でも、時々感じていた既視感や、言動の違和感を総合した結果。

ある一つの結論へとたどり着いた。

「『大切な愛娘《まなむすめ》であるお前が心配なだけなのだ。結婚はまだ早いと思うが、交際を順調に重ねていけば……いずれ認める日も来る』と」

それは、ディラン様もアリシア様と同じく、誤解されやすい性格だということ。

きっとアリシア様を別邸に暮らさせることにしたのも、自分の言動で娘を傷付けない、娘に嫌われないようにと選んだ結果なのだろう。

「グレイ、いくらなんでもそんなわけが……」

俺の説明を受けたアリシア様は、半信半疑の様子でディラン様の顔を覗《のぞ》く。

「……い、いきなり何を言うのだ!?　たかが平民の分際で！　そのように自分に都合の良いことばかり述べおって……恥を知れ、恥を！」

真っ赤に染まった顔をプイッと横に背《そむ》けて、捲《まく》し立てるように怒鳴るディラン様。

ほら、やっぱり。アリシア様にそっくりな反応……父娘で似た者同士というわけだ。

「もうよい。これ以上お前たちとくだらぬ言い合いを続けるのは面倒だ」

ディラン様は顔と一緒に体も背けると、そのまま教会の出口へと向かっていく。

そして、ちょうど扉を抜けるタイミングで。

こちらに背を向けたまま……ボソリと一言、消え入るように小さな声で呟《つぶや》いた。

「グレイ……これからも私の娘を頼むぞ」

「はい！　ディラン様のお言いつけを守り、誠実で健全なお付き合いを致します！」

「……ふんっ。妙な真似《まね》をすれば、すぐにマヤが報告する手筈になっておる。せいぜい、ボロを出さないように気を付けるがいい」

吐き捨てるような返答を残し、ディラン様は教会を去っていかれる。

そんなディラン様の背中に向けて頭を下げていると、不意にグラント様が声をかけてきた。

「グレイ君。君は知らないだろうが、昔は叔父《おじ》上も君と似た立場だったんだよ」

「え？　ディラン様が、私と同じ立場……ですか？」

「ああ。アリシアの母君であるシオン様は公爵家のご令嬢。対するディラン様は元々、力の弱い子爵家の嫡男《ちゃくなん》。当時二人の結婚には、多くの者たちが反対したそうだよ」

そうか……そうだったのか。

俺とアリシア様ほどではないにせよ、ディラン様も身分差を乗り越えてきた過去がある。

だからこそ俺のような男にも、こうしてチャンスを与えてくださったに違いない。

「ディラン様……！　私は絶対に、貴方様《あなたさま》のご期待を裏切りません！」

まだ完全にお許し頂けたわけではないが、それでも大きな前進に変わりはない。

いつか必ず、完全に認めてもらえるように頑張っていこう。

「グレイ！　お父様なんてどうだっていいわ！　それよりも早く儀式を済ませるわよ！」

「えっ？　さっきディラン様に、誠実で健全なお付き合いをすると言ったばかりで……」

「先に既成事実さえ作ってしまえば、お父様だって文句を言えないわ。さぁ、ワタクシを貴方のモノにしてちょうだい！　今なら特別に、どんなことだってしてあげるんだから」

ニコニコととんでもない提案をしてくるアリシア様。

お気持ちはとても嬉しいが、やはりここは……

「そういうわけにはいきません。ディラン様に認めてもらうためにも、私はこれからも適切な距離でアリシア様とお付き合いをさせて頂きます」

俺に抱き着こうとして伸ばされた手をスルリと避けて、丁重に断りの言葉を入れる。

だが、そんな俺の態度がアリシア様の闘志に火を付けてしまったらしい。

「グレイ、貴方はワタクシの専属使用人なのよ！　お父様の言い付けよりも、ワタクシの命令の方を優先するべきでしょう!?」

「そ、それとこれとは話が別ですので……」

「ふーん？　どうやら貴方には教育が必要のようね。たっぷりとワタクシの専属使用人――いえ、恋人として相応《ふさわ》しい男にシてあげるわ」

キラリと目を怪しく光らせ、両手の指を艶《なま》めかしく動かしながら……こちらへ詰め寄ってくるアリシア様。これは捕まったらマズイと……俺の本能が警告している。

「し、失礼致します！」

「あっ！　逃げるんじゃないわよ！　待ちなさいっ！」

踵《きびす》を返して逃げ出した俺を、アリシア様はドレスのスカートの裾を持ち上げながら全速力で追いかけてくる。

走りにくそうな格好に加えてハイヒール。追いつけるはずもないと油断していたが、意外にもアリシア様は俺の背中スレスレまで追いついてきていた。

「おやめくださいっ！　走ったら危ないですよ！」

「だったら貴方が止まればいいだけよ！　おとなしくワタクシと儀式を挙げなさい！」

花嫁風のドレスに身を包んだ貴族令嬢に追いかけられる平民の使用人。

そんな意味不明な光景を遠巻きに見つめているのは、グラント様とマヤさんの二人だ。

「やれやれ、相変わらずお似合いの二人だ。演技とはいえ、彼女たちの間を引き裂こうとするのは心が痛んだよ」

「おや、その割には、とてもノリノリだったように見えましたが？」

「洞察力の鋭い君にそう見えたのなら、きっとその通りなんだろうね。もしかするとボクは本気で、アリシアを奪い取ろうとしていたのかもしれない」

アリシア様から逃げるのに必死な俺には、彼らがどんな会話をしているのかは聞こえない。

「しかし、彼の一撃がそんな未練を跡形もなく消し去ってくれた。嫉妬に駆られ、我を失いかけたボクの全力を……彼は打ち破ったのだから」

「では、あの時……グラント様の剣が折れたのはわざとではなく……？」

「……言っただろう？　奇跡を起こされたってね」

「ふふっ、一介の使用人にしておくのは勿体《もったい》ないかもしれませんね」

「ああ。できることなら、ボクが彼を一人前の騎士にしてあげたかったが……」

こちらから見えるグラント様とマヤさんは、とても楽しげな雰囲気である。

必死にアリシア様から逃げている俺の現状とは大違いだ……と、思ったのも束の間。

「つ・か・ま・え・た♡」

ガシッと首根っこを摑《つか》まれ、俺はとんでもない力で引っ張られる。

振り返るとそこには、間違いなく世界で一番美しく……可愛い女性がいて。

「さぁ、観念しなさい。もう逃げ場なんてどこにも無いんだから」

そんな女性が、こうまでして迫ってきてくれているのだ。

ここで逃げたら、男がすたるというもの。

「ええ、そのようですね。ならば私も……責任を取ります」

俺はアリシア様の両肩に手を置いて、その紅い双眸《そうぼう》を見つめる。

一呼吸、二呼吸。しっかりと息を整えてから……

「愛しております、アリシア様」

「ええ、ワタクシもよ……グレイ」

互いの想いを言葉にしてから、俺たちは再び唇を重ねる。

正午を知らせる教会の鐘は、まるでそんな俺たち二人を祝福するかのように、いつまでもその美しい音色を響かせ続けるのであった。

エピローグ

俺とアリシア様が結ばれてから、一週間ほどの時が経った。

しかし俺たちの生活は以前と比べても、ほとんど変わってはいない。

平民と貴族が恋仲だなんて、公表するわけにもいかないから当然といえば当然だ。

しかしアリシア様がグラント様と婚約破棄をしたことや、最近のアリシア様が人目を気にせず俺に甘えるようになってきたので……分かる人にはバレてしまっているという感じである。

「おめでとうございますグレイさん！　お嬢様とお幸せに！」

「かぁぁぁぁぁぁっ！　マジでやり遂げやがったな！　この野郎っ！」

メイとモリーさんは、まるで自分のことのように喜んでくれた。

「わぁっ！　身分を超えた恋愛って素敵ですね！　でも、私も本当はアリシアさんを……」

「え……？　マジぃ？　本当にこんな貧乏臭い使用人なんかとぉ……？　あっ、いやっ！ただの冗談だからそんなに怖い顔しないでアリシアぁ……！」

本当の仲良しコンビとなったファラ様とリムリス様。

彼女たちも俺たちの関係には勘付いたようだけど……ファラ様はもはやアリシア様と親しいご友人であるし、リムリス様はアリシア様の言いなりだ。

ここから秘密が漏れることは決して無いだろう。

「いいですか？　互いの体に触れ合うのは最低限。キスは一日三回まで。肌を見せる行為、それ以上の行為は断じて禁止です。破れば旦那《だんな》様に言い付けますから」

唯一マヤさんだけは、俺たちに対して厳しい監視の目を光らせている。

しかしこれは俺としても賛同する部分なので、むしろアリシア様の強引なアプローチをブロックするのに大いに役立っている。

これからも彼女には色々と力を貸してもらおう。

「……グレイ？　何をボーッとしているの？　さっきから手が止まっているじゃない」

「え？　ああ、すみません」

下から聞こえてくるアリシア様の不満げな声で、俺はハッと我に返る。

おっと、いけない。今は寝起きのアリシア様のヘアセットの時間だというのに……

「はい、完成しました」

「んー……本当に上達したわね。ワタクシのために、本当に努力してくれた証拠だわ」

整えられた髪を鏡で確認し、嬉々とした声で言葉を紡《つむ》ぐアリシア様。

「ご褒美は何がいいかしら？　胸に顔を当ててのぎゅー？　それとも大人のちゅー？」

いつの間にか俺の手に右手の指を絡めて、蕩《とろ》けきった顔を見せてくるアリシア様。

愛しい恋人の甘え上手ぶりに内心では悶《もだ》えつつも、俺は別の話題を切り出すことにした。

「そ、そのご褒美は後で頂戴するとして……！」

こうでもして誤魔化《ごまか》さないと、俺の理性が持ちそうにないからな。

「そういえば今朝、アリシア様宛にお手紙が届いていましたよ。こちらなのですが」

「……手紙？」

「なんだかとても豪華な装飾をされていまして。何か重要なお手紙かもしれません」

俺はポケットから取り出した封書を、化粧台の上に置く。

黒い封筒に金色の紋章が刻印されている封書……一体どんな内容なのだろうか。

「ふうん。なるほどね」

アリシア様は便箋を見ただけで内容に見当が付いたのか、どこかうんざりとした様子でビリビリと封を破り、中に入っていた便箋に目を通していく。

「はぁ……最悪。学院の無期限停学が解かれてしまったみたい」

額に手を当てて、溜息混じりに俯《うつむ》くアリシア様。

対する俺は頭の上にハテナマークを浮かべていた。

「え？　停学が解かれたのはいいことじゃないですか」

「よくないわよ。学院なんて好きじゃないし、通っている生徒たちも変人ばかりだし」

「変人と言いますと……リムリス様みたいな方々でしょうか？」

「いいえ、リムリスなんてかなりマシな方よ。言うなればザコよザコ。クソ雑魚ミミズよ」

「そこまでおっしゃるなんて……一体、どんなヤバい人がいるんですか？」

興味を持った俺がアリシア様に訊《たず》ねた……その時。

「アーリーシーアーちゃーん！　あっそびまっしょー！」

突如として、外から若い女性の大声が聞こえてきた。

今まで聞いたことの無い人物の声……だと思うのだが、アリシア様をちゃん呼びするなんて、きっと同じ貴族令嬢に違いない。

俺がそう分析している間に、化粧台の鏡越しに見るアリシア様の顔は引き攣《つ》っていく。

「げぇっ……？　この声はマインだわ……」

どうやら声の人物に心当たりがあるらしいアリシア様はそそくさとベッドの方へと移動していき、掛け布団の中に身を隠した。

「お願い。ワタクシはいないと言って、あの子を追い払ってきて！」

「あ、はい……」

事情は分からないが、アリシア様が嫌がっているのなら仕方ない。

可哀想《かわいそう》だけど、今日はお帰り頂くしかないな……と、俺が思っていると。

「どうして出てきてくれないのかなー？　マイン……とっても悲しいんだよー？」

ガンッ、ガンガンガン。金属を叩きつけるような音が、何度も何度も響いてくる。

さらに続けて、外にいると思われる謎の女性は――

「アリシアちゃんがマインを避けるならー……ふふふふっ、ここで死んじゃうかもー？」

「いぃっ⁉」

流石《さすが》に聞き捨てならない台詞《せりふ》だったので、俺は慌てて部屋の窓を開けて外を見る。

アリシア様の自室があるのは二階。そこから屋敷の玄関の方へ視線を向けると、数人のメイドたちに囲まれている……一人の令嬢を発見した。

そして俺はすぐに理解する。

なぜこの令嬢の暴走を、周囲のメイドたちは止めようとしないのか。

なぜアリシア様が、この令嬢と会うのを嫌がっているのか。

その答えはとても簡単だ。

「だってだってぇー！　マインたちってばー……」

長く垂れ下がる漆黒の前髪、左腕にグルグルと巻かれた包帯。

その右手に握りしめられている——巨大な包丁。

「かけがえのない大親友だもんねー？　マインの大好きなアリシアちゃーん」

どうやら俺とアリシア様が平穏な恋人生活を送れるのは、まだまだ先のことになりそうだ。

あとがき

この度は本作をお買い求め頂きまして、誠にありがとうございます。

初めましての方は初めまして。

他社様で出版した過去作以来の方は、本当にお久しぶりです。

カクヨム様に掲載しているウェブ版から来られた方はいつもお世話になっております。


商業作家デビューしてからというもの、あまり良い結果を残せずにズルズルと執筆業にしがみついて生きてきましたが……最近ようやくシナリオライターっぽくなってきました。

漫画原作の活動やソシャゲのお仕事ばかりでライトノベル業界から離れていたのですが、自分の原点は絶対にライトノベルですので、またこうして本を出せて嬉しいです。

それもこれも、書籍化のお声掛けをくださった担当編集の大米さん、カワイイの暴力がエグすぎるイラストでお力添えをくださったBcoca先生。

そして、カクヨム版の頃から応援してくださる読者の皆様のおかげだと思っております。

多くの関係者様や、私の作品を楽しみにして頂いている心優しい方々のご期待に応えるためにも、今後はよりパワーアップしたイチャラブラノベをご提供していく所存です。

それとこれは余談となるのですが、カクヨム様に掲載中のウェブ版『氷結令嬢さま』はバトル&変態要素を増やした『別の物語』でございます。

アリシア様との身分差を乗り越えるべく、騎士階級を目指して奮闘するグレイ君の奮闘が気になるという方は是非ともチェックしてみてくださいませ。

少し長くなってしまいましたが、そろそろあとがきを締めようかと思います。

それでは、新たなクセスゴ令嬢が登場する第二巻でまたお会いしましょう。

【地雷系ヤンデ令嬢】マインちゃんの活躍をお楽しみに！

愛坂タカト

GAGAGAGAGAGAGAGAGAGAGAGA

負けヒロインが多すぎる！

著／雨森《あまもり》たきび

イラスト／いみぎむる
定価 704 円（税込）

達観ぼっちの温水和彦は、クラスの人気女子・八奈見杏菜が男子に振られるのを目撃する。「私をお嫁さんにするって言ったのに、ひどくないかな？」これをきっかけに、あれよあれよと負けヒロインたちが現れて——？

GAGAGAGAGAGAGAGAGAGAG

恋人以上のことを、彼女じゃない君と。

著／持崎《もちざき》湯《ゆ》葉《ば》

イラスト／どうしま
定価 682 円（税込）

仕事に疲れた山瀬冬は、ある日元カノの糸と再会する。
愚痴や昔話に花を咲かせ友達関係もいいなと思うも、魔が差して夜を共にしてしまう。
頭を抱える冬に糸は『ただ楽しいことだけをする』不思議議な関係を提案する。

ガガガ文庫7月刊

いつか憧れたキャラクターは現在使われておりません。

著／詠井晴佳《よみいはるか》

イラスト／萩森《はぎもり》じあ

19歳の成央の前に現れたのは、15歳の時に明澄俐乃のために作ったVRキャラ《響來》だった。響來の願いで再会した成央と俐乃は、19歳の現実と理想に向き合っていく――さまよえるキャラクターと葛藤が紡ぐ青春ファンタジー。

ISBN978-4-09-453133-6（ガよ3-1）　定価858円（税込）

かくて謀反の冬は去り

著／古河絶水《こがたえみ》

イラスト／ごもさわ

“足曲がりの王子”奇智彦と、“異国の熊巫女”アラメ。二人が出会うとき、王国を揺るがす政変の風が吹く！奇智湧くがごとく、血煙まとうスペクタクル宮廷陰謀劇！

ISBN978-4-09-453134-3（ガこ5-1）　定価891円（税込）

ソレオレノ2

著／喜多川《きたがわ》 信《しん》

イラスト／KENT《ケント》

虫樹部隊団長のリョウの次なる強敵はディナール。雀蜂型虫樹「ベニシダレ」を操る彼女は、リョウと幼い頃に心を通わせ同じ夢を見た麗人だった。砂漠の大地に平和をもたらすため、リョウとセンは新たな戦いへ！

ISBN978-4-09-453135-0（ガき3-5）　定価858円（税込）

氷結令嬢さまをフォローしたら、メチャメチャ溺愛されてしまった件

著／愛坂《あいさか》タカト

イラスト／Bcoca《ビコカ》

アリシアは厳しい言動から『氷結令嬢』と呼ばれている。そのためか、唯一心を許している使用人・グレイにフルパワーで甘えてしまう!?　お嬢様は貴族、グレイは平民。絶対にこの溺愛には、耐えなければならない！

ISBN978-4-09-453140-4（ガあ18-1）　定価814円（税込）

変人のサラダボウル5

著／平坂《ひらさか》 読《よみ》

イラスト／カントク

中学生活を満喫するサラと、ますます裏社会へと足を踏み込んでいくリヴィア。登場人物たちの意外な一面も明かされる、予測不能の群像喜劇第5弾。今回は恋愛成分多めでお送りします。

ISBN978-4-09-453136-7（ガひ4-19）　定価792円（税込）

星美くんのプロデュース vol.2 ギャルが似合わない服を着てもいいですか?

著／悠木《ゆうき》りん

イラスト／花ヶ田《はながた》

ジル（星美）と心寧は、ショッピング中に女性とぶつかってしまう。お詫びに女性の経営するカフェで働くことになるも、そこには折戸の姿が!?　更には、伊武から折戸の好きな人を探るように頼まれてしまい――。

ISBN978-4-09-453137-4（ガゆ2-4）　定価792円（税込）

魔王都市 ―空白の玉座と七柱の偽王―

著／ロケット商会《しょうかい》

イラスト／Ryota-H《リョータ エイチ》

魔王都市を治める七柱の王、その一柱が殺された。均衡が崩れ極度の緊張状態に陥る中、事件の捜査に臨むのは勇者の娘と、一人の不良捜査官。暴力と陰謀が入り乱れる混沌都市で、歪なコンビの常識外れの捜査が始まる。

ISBN978-4-09-453138-1（ガろ2-1）　定価935円（税込）

電子限定配信

ロメリア戦記 外伝 ～魔王を倒した後も人類やばそうだから軍隊組織した～

著／有山《ありやま》リョウ

イラスト／上戸《かみと》 亮《りょう》

ギリエ峡谷の魔物を駆逐したロメリアは、港の建設に乗り出していた。そして港を運営すべく、メビュウム内海にあるメルカ島に協力を求め旅立つ。本編で語られることのなかったロメリア達の海洋での戦いが明かされる。

定価1,430円（税込）

GAGAGA
ガガガ文庫

氷結令嬢さまをフォローしたら、メチャメチャ溺愛されてしまった件

愛坂タカト

発行　2023年7月24日　初版第1刷発行

発行人　鳥光 裕

編集人　星野博規

編集　大米 稔

発行所　株式会社小学館
〒101-8001 東京都千代田区一ツ橋2-3-1
［編集］03-3230-9343　［販売］03-5281-3556

カバー印刷　株式会社美松堂

印刷・製本　図書印刷株式会社

Printed in Japan　ISBN978-4-09-453140-4

本書は、ＷＥＢ小説サイト「カクヨム」に掲載された『冷徹な悪役令嬢をフォローしたら通訳係としてメチャクチャ溺愛され始めた件』を加筆修正、改題したものです。